CONTENTS

午前六時ちょうど。いつも通りに目を覚ました御園《みその》静《しずか》は、窓越しに明るくなった空を見上げてゆっくりと息を吐いた。

——まただ。……また、あの夢を見た気がする。

昔から、よく見る夢だ。詳しい内容は覚えていないが、いつも誰かに「なにか伝えなければ」と焦る気持ちと、そしてひどく泣いたような余韻《よいん》がある。目元を拭《ぬぐ》うと、そこには実際に涙が滲《にじ》んでいた。

なんなんだろうなと首を傾げながらベッドを降り、着替えを済ませて階下へ行くと、祖《そ》母《ぼ》である佐英《さえ》はすでに起きて朝食の支度《したく》を済ませ、仏壇《ぶつだん》の前で手を合わせていた。

「佐英さん、おはよう」

「おはよう、静」

八歳のときに両親が交通事故で亡《な》くなって以来、静は彼女と二人で暮らしてきた。「わたしは自分の名前がすごく好きなのよ」という彼女のたっての希望で、物心《ものごころ》ついた頃から、おばあちゃんと呼んだことはない。

洗面所で顔を洗い、歯を磨《みが》く。鏡の中からは奥二重《おくぶたえ》の目がこちらを見つめ返していて、静はゆっくりと瞬《まばた》きをした。物心ついて以来、見慣れた自分の顔だ。地味ではあるが、佐英はこの顔を涼《すず》しげな目元や、低めながら整った鼻や口元が、美形だった祖父《そふ》に似ていると褒《ほ》めてくれる。歯ブラシを動かしつつ、静はふと気づいて前髪をつまんだ。そろそろ長くなってきたかもしれない。鬱陶《うっとう》しいというほどではないが、仕事上清潔《せいけつ》にしておく必要がある。だから静はこの一年ほど、まめに理髪店《りはつてん》へ通っていた。

茶《ちゃ》の間《ま》へ行くと、佐英はテーブルの上へ皿を並べ始めていた。

「さあ、食べましょう」

「いただきます。……あ、たしか今日だったよね、町内会の人たちの予約。午後からだっけ？」

「そうそう。一時って言ってたわよ、坂口《さかぐち》さん。えーとね、七名さま」

二年前、脳梗塞《のうこうそく》で倒れた彼女は一命《いちめい》を取り留めたものの左足に麻痺《まひ》が残ってしまい、いまは杖をついている。そのせいで休業していた喫茶「みその」は、一年後、高校を卒業した静が佐英のあとを継ぎ、なんとか営業を再開した。

彼女にとって亡き夫と築いた財産であるこの店がどれほど大切か判《わか》るだけに、どうしても潰したくはなかったのだ。

彼女が夫――つまり静の祖父と二人で作ったこの店には、静にとってもたくさんの思い出が詰まっている。勤めに出ていた父母が亡くなる前も亡くなったあとも、ここで多くの時間を過ごした。

教師からは奨学金《しょうがくきん》を得て大学へ進むという道も提案されたが、それで学費は賄《まかな》えたとしても、今後の佐英と自分の生活費をどう捻出《ねんしゅつ》するのかという問題もあり、残された選択肢はひとつだった。しかしそもそも細々《ほそぼそ》とやってきた小さな店だ。このところ駅前に乱立するチェーン店の影響もあってか客足が鈍《にぶ》く、この数か月は閑古鳥《かんこどり》が鳴きっぱなしで、赤字が続いている。

「そういえば、最近お声がかからないわねーって、お隣のみっちゃんが言ってたわよ。たまにはお手伝いお願いしてみたら？　出かけたいところとか、ないの？」

言われ、汁椀《しるわん》を持ったままの静は「出かけたいところ？」と首を傾げた。

お隣のみっちゃんこと美智《みち》は佐英の大親友で、佐英が店を切り盛りしていた頃から、ヘルプを頼めばにこにこと駆けつけてくれる気のいい女性だ。だが静としては、きちんとしたアルバイト代も出せないのに、手伝って貰《もら》うのは気が引ける。

「……ないよ、そんなの」

「そう？　でもあなたったら、定休日にもお店のこととしてて、全然遊びに行かないじゃない。ねえ静、この話は何度もしているけど、別に無理はしなくてもいいのよ。わたしの足がこうなった時点でお店は畳んだってよかったんだから。いつだってやめていいし、そしたら、いまからだって大学に」

「やめてよ佐英さん。……ごちそうさま」

話の途中で席を立った静は食べ終えた食器をシンクに置き、くるりと振り向く。

「俺も何度も言ってるはずだよ。俺は自分の希望で、やりたくて、このお店を継ぐって決めたんだから、大丈夫。佐英さんはなんにも気にしなくていいんだ」

「そうだけど……」

まだなにか言いたげな佐英を置いて、静はさっさと店へ逃げた。この話はいつも堂々巡《どうどうめぐ》りだ。それに、大好きな佐英にはいつも笑っていて欲しいのに、心配をかけているのが判り、心苦しい。

——だめだな、俺、もっと頑張らないと。余計な心配、かけずに済むように。

奥行きのある長方形の土地には道沿いに喫茶店、その勝手口を出た奥に自宅があり、出勤にはほとんど時間がかからない。カウンター五席、テーブルが三つで合計十七席の、こぢんまりとした空間はまだ薄暗く、店内を突っ切って表側のシャッターを開けた静は、差し込んだ光に目を細めた。開店は朝八時、閉店は午後六時。エプロンをつけ、厨房《ちゅうぼう》の準備を終えて「準備中」の札を「開店中」に変える。

「いらっしゃいませ」

カウンターに座ったのは、モーニング目当ての中年サラリーマンで、佐英が店を切り盛りしていた頃から来ていた客の一人だった。

注文に対して「はい」と答えて以降、黙々《もくもく》と作業をする静は、こんなとき、気の利いた会話ひとつもできない自分の社交性のなさが歯がゆい。佐英なら、今日の天気はどうだとかニュースでこんなことを言っていたとか、なんでもない話題でも明るく相手に振り、そこから会話を繋げることができるのに、と思う。

「最近さあ、佐英さん見ないね」

「え……あ、え、えっ？」

考えていた矢先に話しかけられて、どきりとする。相手の言葉は聞こえていたにも拘《かか》わらず、なぜか訊《き》き返してしまい、焦りが増した。

「前、いたでしょ、佐英さんっておばあちゃん。どっか悪いの？」

「あ……いえ、そんなことはないんですけど、ちょっと足が……いえそうじゃなくて、もうその、佐英さんは……」

「えっ？　もう？」

「あ、ち、違うんです、あの」

もう、などという言葉をこちらが使ったせいで、相手はなにかとんでもない勘違《かんちが》いをしたようだ。それはまずいことを訊いてしまったなあ、と言わんばかりの表情を見て、静はさらに焦る。

「そ、そうじゃなくて……その、ちゃんと元気で、まだ」

「え？　亡くなったわけじゃないの？」

「……違います！」

勘違いさせたのは自分なのに、否定したいあまり少しきつい口調《くちょう》になってしまい、静は目の前が真っ暗になるのを感じた。

――なんて、失礼な接客態度だ。

「ああ、そう……」

「…………」

「…………」

それきりカウンターにはぎこちない沈黙が降りて、静は耐え切れず俯《うつむ》いた。

佐英さんならいまも元気なんですけど、ちょっともう年齢的にずっとカウンターに立っているのはつらいので、僕が店を継いだんですよ。たまに手伝って貰うこともあるんです――と、脳梗塞の件は省いて説明すればいいだけなのに、なぜか言葉が出てこない。

客の方も気まずかったのだろう、食事を終えてそそくさと立ち上がる。お釣りの出ないちょうどの金額を置いて、そのまま店を出ていく背中にか細い声で、

「ありがとうございました……」

と呟くので精一杯だった。

これが佐英ならもっと機転を利かせて、「いってらっしゃい」や「今日も一日頑張って

ね！」など明るい言葉をかけることができたはずだ。

そんな彼女を見て育ったはずなのに、静はにこやかな接客どころか、極度の緊張で注文と違うものを作って出してしまったことは数え切れず、コーヒーを運ぶ際に「零《こぼ》さないように、失敗しないように」と思えば思うほど手が震え、かたかたと音を鳴らしながらサーブしてしまい、客に不審《ふしん》な目で見られたこともある。

さすがに手が震えることは少なくなったが、先日は開店から閉店までついに一人も客が来ず、がっかりしながら片づけようとしたところ、路上用の看板を出し忘れ、さらに「準備中」の札をかけたままだったことに気づいて愕然《がくぜん》とした。

その状態では、客など来るはずがない。向いている、向いていない以前の失敗である。

「……はあ……」

落ち込みつつ皿を片づけていると、カウンターの隅に置いてある電話が鳴った。見れば自宅からの内線ではなく、外からだ。

なんとなく、いやな予感がした。

「はい、もしもしお待たせしました、喫茶みそのです」

電話機に貼ったメモをそのまま読み上げるかたちで応答すると、受話器の向こうからは少しくぐもった、『御園か？』という声が聞こえてくる。

「……どちらさまでしょうか」

『おまえ、昨夜も俺のメール無視したろ』

やっぱり笹神《ささがみ》か、と静は内心、ため息をついた。

笹神道夫《みちお》は高校時代、三年で初めて同じクラスになった同級生だ。

性格的な問題もあり、孤立気味だった静に彼が話しかけてきたのがきっかけで数か月は友人として交流していたが、ひどく支配的な性格の彼に息苦しさを覚え、佐英が倒れたことで忙しかった二学期の途中からはあえて距離を置いていた。

そもそも最初の言葉が「おまえんち、喫茶店だろ？　あの店の土地、うちが貸してるって知ってたか？」だったのだから、その後の態度も知れたものだ。

笹神の方も飽きたのか、以降はまったくと言っていいほど静に構わなくなり、お互いの進路が別れたことによって完全に縁が切れた、と思っていた。

だがこのところ、どういうわけか知らないが、彼からふたたび連絡が来るようになってしまった。

笹神の送ってくるメールや電話は大学の課題の手伝いをしろというものや、合コン・飲み会への誘いなどで、こちらの事情を話して断っているのも構わずかかってくるため、静は正直、高校時代よりもいま現在の方が彼を鬱陶しく感じていた。

「ごめん、笹神。……携帯の電源、切ってるんだ。最近、ほとんど使ってなくて」

『はあ？　なんでだよ、それじゃ携帯の意味がないだろ、入れておけよ。俺がおまえに用事があるときどうするつもりなんだ？』

どう答えるべきか判らず黙っていると、彼は『おまえ、変わったよな』と言った。

『三年のときは俺の言うこと、なんでも大人しく聞いてたくせに。卒業したらもう関係ない人間だとでも思ってるのか？』

それは、人の話を聞かない相手にいちいち抵抗したり、反論したりするのが面倒だったからだ――という台詞《せりふ》を飲み込み、静は「俺、仕事してるから」と返した。

『どうせ客なんかいないだろ』

「そ……んなこと、ないよ」

『へえ。確認するからな』

ぶつり、とそこで通話が切れる。

確認。最後の言葉がやけに不穏で、静は思わずきゅっと唇を引き結んだ。

いったいどういうつもりなのだろうか。前にも同じように「確認する」と言ったあとで本当に店の様子を見に来て、外からこちらを睨みつけていたこともある。

――なにがしたいんだろう。本当にいやだ。

「すみませーん」

「あ、は、はい」

テーブル席の客に声をかけられ、慌てて受話器を置く。

注文を受けてカウンターの中へ戻ったあとも『確認するからな』という笹神の声が頭から離れず、静は小さく首を振った。


午後一時になると、前もって予約を受けていた町内会の面々が店へやってきて、狭いテーブル席はいっぱいになった。奥から佐英も出てきて、世間話に花が咲く。

「あっ、そういえば佐英さん、区民ホールの展示室でいまこういうのやっててさ、いろんなとこにパンフレット置いて貰ったりポスター貼って貰ったりしてるんだわ。よかったらここにも置いてくれないかね、ポスターだけでもいいんだけど」

そう言って、町内会長を務める酒屋の店主、坂口が紙の束《たば》と筒を差し出す。

「へえ、いいわよ。静、これ貼ってあげてくれる?」

頷いて、静は手渡されたパンフレットの束はカウンターのレジ脇に置き、ポスターは店の壁へと画鋲《がびょう》で貼りつけた。町内の祭りや花火大会など、なにかあるたびにポスターを貼り替えるので、壁は画鋲の穴だらけだ。

「でもよかったねえ、お店、静くんが継いでくれて」

「仕入れも帳簿づけも全部自分でやってるんだろ? 三橋《みはし》先生が感心してたよ」

佐英の代からお世話になっている税理士の三橋は近所に事務所を構えており、計算が苦手な佐英は帳簿関連をなにもかも彼に任せていたのだが、静は経費を浮かせるため、それを自分で処理していた。

「そうよ、優秀な孫でね、なんでも自分でできるのよ」

と微笑《ほほえ》む佐英がこちらを見る。さすがになんでもというのは大袈裟《おおげさ》だし、その言葉の裏には「だからこそこんな店にかまけてないで、好きなことをして欲しいんだけど」というい つもの愚痴《ぐち》が隠れているような気がして、静は黙ってカウンターの中へと戻った。

手にしたパンフレットのタイトルには野口《のぐち》コレクションとあり、野口某《なにがし》という金満家《きんまんか》が収集した西洋の絵画や美術品を展示中らしい。いくつかの写真の中、静の目を引いたのは一枚の絵だった。

森の中だ。深い緑の木立《こだち》のそばに、一人、すらりと背の高い男が立ち、その傍《かたわ》らには白い馬が寄り添っていた。中世の貴族か王族が着るようなたっぷりとしたマントに、きらびやかな衣装《いしょう》、腰には剣も見える。

「…………？」

その絵を見た途端《とたん》、妙な焦燥《しょうそう》を感じた。

いますぐ、ここへ行かなければならない気がする。けれど、こんな絵は見たこともない。作者の名前にも、描かれた年代にも覚えがない。それなのに、どうしてだろう？　戸惑いながらパンフレットを閉じ、カウンターの上へ戻す。

坂口を始め町内会の面々が秋祭りについて話し合っている最中、注文されたコーヒーや紅茶、軽食を用意しながらも、静はずっとその展覧会のことが気になっていた。

——やっぱりあの絵、見に行かなくちゃいけない気がする。なんでだろう？

パンフレットやポスターにちらちらと何度も視線を送っているのが判ったらしく、佐英が「どうしたの？」と声をかけてきた。

「その展覧会、行きたいなら坂口さんに言えば割引して貰えるわよ、きっと。ねえ？」

「おういいよ、任せとけ！ ……って言いたいとこだけど、たしかそのパンフレットに割引券がついてたぜ。千円が半額になるとかって書いてあったと思うよ。五百円ならまあ見てみようかって気にもなるよな」

という言葉に慌てて首を振る。

「いや、そんなんじゃないよ。だいたい俺、絵になんて、興味がないし……」

「あれ、そうなの？」

だが、坂口たちが帰っていったあとも、展覧会のことは頭から離れなかった。

ぽつぽつとやってくる客のためにコーヒーや紅茶を淹《い》れ、ホットケーキを焼いているあいだはまだいいのだが、作業が一段落し、ふと息をついた途端に、視線がポスターの方へ向いている。

ああまただ、と気づいて目を逸《そ》らしても、その三十分後には同じようにパンフレットを見ている自分に気づき、静は右手で目を覆《おお》い、ため息をついた。いったい、どうしたというのだろうか。

——なんだろう。なにがそんなに、気になってるんだ？

諦めてもう一度パンフレットを手に取り、展示期間や時間を調べてみた。

場所は区民会館、水曜以外の毎日朝九時から午後六時までと書いてあり、平日は行けそうにないが、日曜なら店の定休日だ。

どうしようか、いやでも全然興味のないことに五百円なんて使っている暇があったら店にもっと客を呼ぶ方法でも考えるのが先決だろう、いやでも、などと散々悩んだ挙句《あげく》、土曜の夜になって、静はようやく決意した。

「佐英さん、俺、明日出かけてくるから」

「あら……珍しい。もしかしてあの展覧会？　いいじゃない、行ってらっしゃいな！」

「うん、まあ」

言葉少なに頷いた静に、佐英はニコニコと「楽しんできてね」と言った。

「お夕飯はそのまま外で？」

「ううん、ちゃんと帰ってきて食べるよ。ちょっと行って戻ってくるだけだから」

そういえば笹神はあれから店に来ていないな、とふと、電話のことを思い出す。もしかしたら自分が気づかなかっただけかもしれないが、展覧会に気を取られていて、彼のことを忘れていたようだ。

寝支度をして横になると、なんとなくあの悲しい夢を見るような気がした。そして次の朝、六時きっかりに目を覚ましたとき、やはり、目元が濡れていた。

区民会館は、店や自宅から歩いて十五分ほどのところにある。

いつもの通りに起床したあと、店の清掃や細々《こまごま》とした用事を済ませ、夕方近くになってようやく家を出た。

パンフレットを手に到着し中へ入ると、閉館時間が近いせいもあってか会場内にはちらほらとしか人がおらず、閑散としていた。さほど興味はなかったが、一応順路の通りに展示物を見て回り、ついに例の絵の前に立つ。

くすんだ金色の額縁《がくぶち》に飾られ、スポットライトに照らされているのは、パンフレットに載っていた写真と同じく、森の中に立っている男の肖像画《しょうぞうが》だ。傍らにいる白い馬の鞍《くら》やあぶみはもちろん、男自身が身につけている服装も、いかにも豪奢《ごうしゃ》なものだった。静は瞬きも忘れて彼の顔に見入る。そんなはずはないのに、なぜか、見覚えがある気がした。

白い肌に少しうねったダークブラウンの髪、彫りの深い、はっきりとした顔立ち。

――……どこかで、会った、ような。

わけもなく、胸が締めつけられる。静には白人の知り合いはいない。雑誌かテレビで観た映画俳優にでも似ているのだろうかと思ったが、自分の知識の中の誰とも、目の前の絵の中にいる男の顔は一致しなかった。

そして気がつくと、絵に向かって手を伸ばしていた。

「……あ、」

なにをしているのだろうか、はっとして指先を握る。

普通こうした展覧会では、撮影はもちろん、作品に直接触れる、などということは禁止されているはずだ。

――……でも、触れたい。ほんの少しでいいから、「彼」に……。

どうして自分がそんなことを考えているのか、まるで判らない。誰かに見られたらきっと注意される。こんなことは常識に反している。それなのに、どうしても、その絵に、絵の中の彼に触れなくてはいけないという衝動《しょうどう》を抑えきれなかった。

一度は引っ込めた右手をもう一度伸ばし、こわごわとまずは額縁に触れる。

ひやりとした感触があったが、それだけではやはり満足できず、静はそっと指先を移動した。そうして触れたのは、男の履くブーツのつま先あたりだった。

油彩の、ざらりとした凹凸《おうとつ》を感じた次の瞬間、目の前が真っ白になった。光の洪水《こうずい》が押し寄せ、全身を包み込む。

「…………っ!!」

声を上げる余裕も、絵から指先を離す余裕もなかった。

――ヨアヒム、目を開けてください、お願い、お願いだから。

誰かが、泣きながら懇願《こんがん》しているような声が聞こえた。聞き覚えのない声だ。か細く、胸が締めつけられる。

――お願い……。

その声が途絶《とだ》えたあとにはなにも聞こえず、なにも見えない。なにが起きたのか把握《はあく》しようという思考さえストップして、静は自分が目を開けているのか閉じているのかも判らない。永遠にも思えるような長い時間のあと、ふいに感覚が戻ってきた。

薄暗い部屋、スポットライト、金色の額縁に、森の緑。

よろりと思わず足元が乱れ、一歩、左足を引く。膝が砕けそうになったところを、誰かの腕が支えてくれた。

「おっと、危ない」

「…………っ！」

ふわりといい香りが鼻孔《びこう》を掠《かす》める。香水だろうか。すみませんと呟いて見上げると、そこには見知らぬ男がいた。長身、はっきりとした顔立ちにうねるダークブラウンの髪、この人をどこかで——と記憶を探り、目を見開く。

「大丈夫か？」

「……あ……」

さっきまで、絵の中にいた男だ、たぶん。

その顔も、着ているものも、静が眺めていた絵の中の男と同じだった。長く翻《ひるがえ》るほどのマントは表が織り模様で裏側は深緑、きらきらしい衣装はどんな構造なのか一見しただけでは見当がつかない。

どのくらい昔のものなのか静には知る由《よし》もないが、シェイクスピア劇やオペラに登場する人物が着ているような、古めかしくも豪奢なマントと下履《したば》き、そして飾りのついた革製のブーツ。

「な、な、な……っ？」

咄嗟《とっさ》にもう一度絵を見れば、そこには繋がれた白馬だけが残され、人物は消えてしまっていた。

「なんで、あれ？」

「……あ、あ……」

「え」

「小鳥！　会いたかったぞ……わたしの小鳥!!」

がばっ、と抱きすくめられて、静は硬直した。

「…………っ!?」

――ことり!?　なに？　なんだ!?

なにが起きたのか理解できず、真っ暗になった視界の中、また例の香りを感じる。じわりと伝わってくる相手の体温に、ますますパニックが大きくなった。

「ああ……よかった。魔法は成就《じょうじゅ》したのだな」

「は、は……っ、は、離してくださ」

「心配はいらない、わたしだ。安心してくれ」

判りません、なにも知りません、なんなんですかあなたはと言いながら腕を突っ張り、彼から身体《からだ》を離そうとするが、力がやけに強く、逃《のが》れることができない。

「すっかり元気になって……。やはり、この愛は本物だったのだ。愛しているよ」

「あっ、あ、愛……!?」

やたらと大袈裟な台詞で喜んでいるらしい彼は、ぎゅうぎゅうと力任せに抱き締めてくる。ああこんなに痩《や》せて、と背中や腰を撫で回され、このままキスでもされてしまいそうな勢いだ。必死で抵抗を試《こころ》みる。

「ちょ……な、なんの話だか、俺には、全然!?　というか、は、は、離してください」

「どうかそんな冷たいことを言わないでくれ。それよりも、ここはどこだ？　わたしが閉じ込められてからどのくらいの時間が経った？　もう危険はないのか？」

「閉じ込められてから!?　知りませんけど、き、危険って……ちょっと」

それよりとにかく離してください、離せよと揉み合っているうち、眉をひそめた係員がすぐそばまで来ていた。

「あー、申し訳ありませんが、他の方のご迷惑になりますので、鑑賞はお静かにお願いします」

あからさまに不審げな目つきを向けられて、騒いだ張本人でもないのに、静は思わず頭を下げた。

「あ、す、すみません」

「大丈夫ですか？」

「え……あ、は、はい、いや、えーと……」

係員はじろじろと異装の男の頭のてっぺんからつま先までを見たあと、「これあなたの知り合いですか？」という顔で静を見た。

「あ……いや、ぜ、全然知らない人で」

ぶるぶると首を振る。

「ん？　おまえはなんだ？　はっ、もしや傭兵《ようへい》の生き残りか？」

「はぁあ？」

男はばさりとマントを払い、腰の剣、飾りのついた柄《つか》に手をかけた。まさか抜くつもりじゃないだろうな、とハラハラした静の目の前で、係員と睨み合う。

「名を名乗れ」

「こ、ここの職員の吉田《よしだ》ですけど!? 他のお客さまの迷惑になりますから、静かにしてください。できないなら、出ていっていただきますよ！」

「そうか」

剣から手を離した彼はやけに堂々と胸を張り、「騒がせてすまなかったな」と言った。

「よし、ここがどこだか知らないが、出よう。とりあえず、おまえの居城《きょじょう》へ連れていってくれないか。空腹ではないが、少し喉が渇いているのだ」

「………………」

「小鳥……小鳥！　どこへ行く！」

黙って逃げ出そうとしたが、見つかってしまったようだ。

「もしや、怒っているのか？　まあ、おまえの言う通り、なにも判っていなかったのはわたしの方だったからな。許してくれ、この通りだ。頼む、おまえがそんな風に怒っていると、わたしはつらい」

謝られても、なんのことやらさっぱり判らない。

どうやら少し、頭がおかしいようだ。まだ不審げにこちらを見ている係員の視線から逃れるように、区民会館を出る。なぜか一緒に出てきてしまった男は、どうやって壁から外してきたのか、小脇に抱えていた額縁を両手で目の前に翳《かざ》し、「白雪《しらゆき》はどうして出てこないのだろう？」などと言って首を傾げた。

「…………」

――誰だ、シラユキって。

まるで古い絵の中から出てきたように見えたが、おそらく単に展覧会へ迷い込んできてしまった外国人旅行者かなにかだろう。光の洪水のことや、聞き覚えのない声や、彼のやけに流暢《りゅうちょう》な日本語など色々とつじつまが合わない部分は無視して、静はそう思うことにした。とにかく、関わり合わない方がいい。足早に歩くが、男は隣に並び、いつまでもついてくる。

「小鳥、考えたのだが、ひょっとしてここはアンドリアではないのだろうか。風景が随分《ずいぶん》と違ってその……なんというか、殺風景《さっぷうけい》だな？　それにおまえの外見も、わたしの記憶とは少し違うようだ。生まれ変わっているのだから当然といえばそうだが、まさか本当にわたしのことを覚えていないのか？」

覚えていないもなにも、完全に知らない相手だ。いまさらなにを言っているのだろうかと無視していたが、彼は横から、なおも執拗《しつよう》に語りかけてくる。

「なにも思い出さないか？　あのとき……おまえの亡骸《なきがら》を抱くわたしに、魔女はこう言った。王子よ、その者を生き返らせることはできない。だがおまえを絵画の中へ閉じ込めてやろう。生まれ変わったその者がおまえを見つけ、もう一度愛されたならば、共に生きることができ」

「うわーっ！」

「……おお、」

「あ、危ない」

横断歩道に差しかかり、赤信号で足を止めた静とは違い、なぜかそのまま歩いていこうとした男は、走ってきた乗用車に轢《ひ》かれそうになる。慌てて腕を伸ばし、その手を掴んで引き戻したが、彼は「なんだ、あの動物は」と不思議そうな顔で黒いワンボックスを見送っていた。

「変わったかたちの牛だ。いや、馬か……？　随分と足が速いが」

「あ、あ、あれは、車ですよ！」

「車？　荷馬車か？」

「に……」

——まさか、本気なのかな。

こういう人を今風の言葉でなんて言うんだっけ、そうだ電波だ、と静は胸の中で思う。

まずいことになった。電波らしく言っていることは意味不明だし、まともな話は通じそうにない。

「道路ですから。ここでは、信号を守らないと。赤は止まれ、青は進め。……知らないんですか」

「なに？　そんな法律があるのか。この国の王は随分と変わっているな」

言いながら、男は歩行者用信号の白いパイプをこんこん、と叩いた。

「それにしても変わっている。なんの木だこれは。葉もなく、果実が光るなど、初めて見たぞ」

「か、果実……？」

どうやら信号の部分を果実だと思っているようだ。下手《へた》な冗談ならまだましだが、彼の目は本気だった。

――あっ、どうしよう。怖い。

追い詰められる静の隣で、真顔の男は「まあいい、それより」と軽く肩を竦《すく》める。

「どこまで話したのだったか……。ああそうだ、つまりこの国の人間として生まれ変わってしまった現在のおまえには、わたしとのことや、お互いが引き離された経緯などの記憶がないのではないか？　どうだ、わたしの考えは合っているか？」

「…………」

「小鳥、どうか答えてくれ。不安になるだろう」

――俺はとっくに不安のドン底なんですけど。

「なにか言ってくれ。なんでもいい、さあ、おまえの可愛《かわい》らしい声を、このわたしに聞かせておくれ」

男の口調は妙に大袈裟で芝居《しばい》がかって聞こえ、ミュージカルの台詞のようだ。なにかのきっかけで音楽がかかれば、それに合わせて歌い出してしまいそうだった。

こんな往来《おうらい》で、歌い出されたらたまらない。そうなる前にどうにかしなくてはならないが、これまで人をまいた経験もなく、上手《うま》くいくとは思えなかった。ここは素直に交番へ向かうべきだろうか。しかし暴力を振るわれてもいない段階で、彼らは動いてくれるのだろうか。

どうせ使わないからと置いてきたが、携帯を持ってくればよかった、と後悔する。あれを持っていれば、隙《すき》を見て、この場ですぐに一一〇番できたのに。

悩みつつ町内をぐるぐると歩き回る静の隣で、男はマイペースで話し続ける。

「それにしてもおまえの記憶が失われているとは……予想外だったな」

ついに耐え切れなくなり、静は「あのですね」と口火《くちび》を切った。

「記憶喪失なんかじゃなくて、俺はあなたを知りません。これっぽっちも、知らないんです。もちろん誰かの生まれ変わりでもないし、小鳥なんて名前でもありません。人違いです。いいですね。さよなら！」

そのまま立ち去ろうとしたものの、がし、と肩を掴まれてしまう。

「待て待て待て、小鳥、もちろんおまえの名前は小鳥ではない。それはわたしが決めたおまえの愛称であって……名前はイリヤだ」

――誰だよ、イリヤって。

「なあ、イリヤ」

「違います!!」

「なに!?　……あ、ああそうか、そうだな、悪かった。わたしは絵の中にいたからこの通りだが、おまえは生まれ変わっているのだな……ということは、いまは違う名なのか。そうか、では、新しい名は？」

意味が判らないし、教える義理もない。

「さあ小鳥。新しい名前を教えてくれ」

これ以上しつこくつきまとわれないためにも、本名など教えない方がいいと判っている。

それなのにその薄茶色の目に覗き込まれると、どうしてか、抗えなかった。黒い瞳孔《どうこう》の周囲、虹彩《こうさい》にところどころ金色が混じっている様は、まるで宝石のようだ。

「……み、御園」

「みその？」

「静……」

――……ああ、言ってしまった。

なんでだよ、なんで教えちゃったんだよ、と頭の中で、もう一人の自分が自分をなじってくる。泣きたい気持ちで、そんなの俺だって判んないよ、どうしよう、と心の中で叫び返す。

「しずか、か。……そうか。いい名だ。おまえによく似合っている」

そんな胸中など知らぬ様子で男はうんうん、となぜか感慨深げに頷き、静の手を取った。そしてそのままあろうことか地面に片膝をつき、手の甲に恭《うやうや》しいキスをした。

屈《かが》んだ拍子《ひょうし》にウェーブのかかった髪が額《ひたい》に落ち、彫りの深い顔に陰影を添える。

「会いたかったよ、静……いや、わたしの愛しい、可憐《かれん》な小鳥。ふたたびおまえに触れることができて嬉しい。過去の記憶など、なくてもいいのだ。もう一度わたしと、なにもかも初めからやり直そう」

「……ちょ……っ、」

夕暮れ時の往来だ。通行人もいる。

こんなところを知り合いにでも見られたらどうしよう、と思ってきょろきょろとあたりを見回したが、幸い、見知った顔はなかった。しかし道行く人々はみな、男の奇抜《きばつ》な格好に目を止め、二度見、三度見をしている。

「えっ、なにあれ、あの人、日本人じゃないよね?」

「仮装? あれマントでしょ」

「なんかの撮影じゃない?」

「こんな道端《みちばた》で?」

大丈夫なのかしらと怪訝《けげん》な顔で囁《ささや》きあっている主婦らしき女性たちもいた。

——ああ、もういっそ、この場から消えたい。

注目されているのは主《おも》に隣の男だが、そばにいる自分も「不審者」と同等の扱いを受けていることを察し、いたたまれない。しかし彼はというとそんな視線にはまったく気づかぬ様子でもう一度立ち上がり、にこりと笑った。

「覚えていないのだから説明が必要だな。……わたしの名はヨアヒム・アンドラーシュ・ベルトリ。アンドリアはベルトリ王家、王位継承《けいしょう》権第一位の王子で、イリヤ、いや静。おまえとは前世、恋人同士だった」

王子。王家、恋人。続けざまに飛び出した単語に眩暈《めまい》を感じた。

「……だから、前世なんて」

ありえませんから。そう言おうとした先を「静、言わないでくれ」と真剣な目と声に遮られ、思わず口を噤《つぐ》む。

「頼むから、そんな悲しいことを言うな。ベルトリ王家の名とわたしの命に誓って嘘ではない。信じて欲しい、わたし自身は眠っていたので判らないが、おそらく長いあいだこの絵の中で、おまえが解き放ってくれるのを待っていたはずなのだ」

額縁を手に切々《せつせつ》と説かれ、静は喘《あえ》ぐように呼吸する。

男――ヨアヒムは彼の言葉通り、嘘を言っているようには見えなかった。どうやら本気で静のことを、かつての恋人の生まれ変わりと思っているらしい。

「……っ、だから、それは」

そんなことはありえませんから、と結局、さっきと同じ台詞しか浮かばない。

――もしかして、そういうドッキリ企画か？　この人、俳優さんとか？

どこかにテレビカメラがひそんでいるのではと期待を込めて周囲を探してみたが、残念ながらそういった気配はなく、相変わらず二人は悪い意味で注目の的《まと》だ。違う、俺は絡まれているだけですと弁解したいが、それを口にしたときのヨアヒムの反応が怖すぎて、なにも言えない。

「どうした、なにを探している？　迷ったのか？」

「はあ？　こんなご近所で、迷うわけ……」

ないでしょうと答えかけて、はっと口を閉じる。うかつにやり取りをして、自宅が近いということがバレるのはまずい。なにか別の話題を、と慌てた静は、ヨアヒムの持つ額縁に目を止めた。

「そ、それ……どうして持ってきちゃったんですか」

「ん？　ああ、まだ白雪が中にいるからな」

「白雪って？」

「これだ。わたしの愛馬だよ。おまえにもよく懐《なつ》いていただろう？　……ああ、そうか。二人で人目を忍び、遠乗りに出かけた美しい日々のことも、すべて忘れてしまっているのだったな」

「…………」

なにを訊いても電波な返答しか戻ってこない。まあそうだよな、本物だもんな、と思わず遠い目になる。

——よし、ここまでだ。これ以上はいけない。

短く息を吐き、勇気を出せ、と自分に言い聞かせた。どのみち、あまり遅くならないうちに帰らなくては佐英が心配する。

「ヨアヒムさん」

「さん、などと随分と他人行儀な呼び方だな」

「……ヨアヒムさん。すみませんが、俺は自分の家に帰ります。ついて来られるのは迷惑なので、ここでお別れしましょう」

「お別れ？　しかし、わたしは今日、眠る場所がないのだが」

「それは……俺には、関係ありませんよね」

「小鳥……」

「う……」

いやその目は卑怯《ひきょう》だろう、と内心で静は思い、奥歯を噛み締めた。

くっきりとした眉を寄せて悲しげな表情をされると、まるでこちらが見ず知らずの外国人をいじめているような気分になってしまうではないか。

「とにかく、迷惑なんです！　ついて来ないでください」

これ以上この人と目を合わせて話していては駄目だ、と決断し、静はくるりと踵《きびす》を返した。そのまま、だっと走り出す。

「……ああっ、小鳥？　待て！」

待ってくれ、と呼び止められたが振り向かずに走り、そのまま角を折れ、またすぐに横道へそれた。このあたりは昔からの住宅街ということもあり、複雑に入り組んだ細い路地が多い。普段から抜け道を把握している近所の住民でもなければ追ってこられるはずはないと踏んだのだが、野良猫しか通らないような細い路地を抜けたところでヨアヒムと鉢合わせしてしまい、静は絶句《ぜっく》した。

「…………っ、」

「ああよかった。突然走り出すから、どうしたのかと思ったぞ。なんとなくこっちへ来るような気がして待っていた。勘が当たったな！」

　――……嘘だろ。

「ど……どうして」

「それはこちらの台詞だ。いったいどうした。誰かに追われてでもいるのか？」

　誰かっていうかあなたですと言い返したいが、すっかり息が上がってしまっていて声が出なかった。運動不足ではないつもりだったが、思えばこの一年あまり、自宅と店の往復がほとんどの毎日で、なまってしまっていたのだろう。

「やはり心配だ。昔からおまえは、供《とも》の者も連れず一人で出歩くことも多かったからな」

　なにが「やはり」なのかさっぱり判らないが、ヨアヒムは真剣な表情だ。

「おまえの住む場所まで護衛させてくれ」

「……結構です」

「遠慮することはない、ただ心配なだけだ。男として、恋人を守るのは当然のことだろう？　もしおまえが迷惑だと言うのであれば、居座ったりしない」

　居座ったりしない、と言いきったヨアヒムの声に、本当だろうか、と一瞬心が揺らいでしまったのがいけなかった。

「さあ行こう。どっちだ？」

　当たり前のように肩を抱かれ、歩き出さないわけにはいかない雰囲気を感じる。猛ダッシュ後の疲労も手伝い、静はもうどうにでもなれ、という心境で自宅へ向かって足を踏み出した。


「あらおかえり……こちらは？」

喫茶「みその」の前へ到着すると、隣家へ出かけていたらしい佐英とばったり出会ってしまった。

「まあ静、あなた、外国人のお友達がいたの」

「違うんです、これは」

ヨアヒムはここぞとばかりに胸を張り、町内全域に響きそうなほど大きな声で「わたしの名はヨアヒム・アンドラーシュ・ベルトリという」と名乗る。

「アンドリアの王子だ！」

「声が……声が大きいですってば、だから」

「まあまあ、王子さまなの……すっごく日本語がお上手ね！　わたしは佐英よ。御園佐英、静の祖母です。どうぞよろしく」

「おお、そうだったのか。なるほど、祖母殿と一緒に暮らしているのか。それにしても住むには随分と小さい建物のように見えるが……ああなるほど、これは納屋《なや》か厩《うまや》かなにかだな？　それに、ニホンゴとはなんだ？」

「納屋？　いいえ、これはお店よ。うちは喫茶店なの。その奥がおうち」

「喫茶店？　なんだそれは」

「佐英さん、佐英さん。相手にしないでいいから」

　展覧会で会ってなぜか送っていただいただけで、すぐお帰りになるそうなので、と「なぜか」を強調しつつ言うと、佐英は「そんな」と眉をひそめた。

「静、お世話になったのに、追い払うみたいな言い方しちゃダメよ」

「いや、お世話になんて、これっぽっちも……」

「せっかくだし、お茶かコーヒーはどうかしら」

「ありがたいが、コーヒーとはなんだ？　佐英、ビールかワインはないのか？」

　迷惑なら居座らないなどと言っておいて酒を要求するとは。その上、人の祖母を呼び捨てかという気持ちを込めてヨアヒムを睨んだが、彼は気づかぬ様子で「喉が渇いているので、できればビールの方がいい」などと言う。

「茶は駄目だ、一度東の国から運ばせたとかいうのを飲まされたが、なにか薬草を煮詰めたような味がして美味《うま》くなかった」

「あら、それは災難だったわねえ」

でもうちのお茶はもっと美味《おい》しいと思うわよ、と言いつつ、佐英は斜め掛けにしていたポーチから財布を取り出した。

「静、坂口さんとこでビール買ってきてちょうだい」

「……俺が……!?」

佐英は倒れてから酒を控えているため、自宅にも、店にもビールは置いていない。だからといってまさか自分が買い出しに行かされるとは思っておらず、静は絶句した。

「ほら、早く」

「すまないな」

「さ、佐英さ」

その男はただの不審者なのでむしろビールより通報が先では、と小声で詰め寄ったが、佐英には相手にされなかった。

「いやあねえ、この人のどこが不審者なの。悪い人かどうかなんて、目を見ればすぐ判るでしょ。それにすごーくハンサムだわ。あの人にそっくり」

「……あ、あの人、って」

「あなたのおじいちゃん」

俺の祖父は純日本人でこんなに長身でもなかったはずですけど、と突っ込む静の声など聞こえないかのように佐英は店のドアを開け、「さあさあどうぞ」とヨアヒムを中へ通してしまう。

「じゃあ静、頼んだわよ」

早く早くと急かされて、まったく納得のいかないまま、首をひねりながら坂口酒店へ向かう。

「おう静くん、どした。ビール？　珍しいねえ、お客さん？」

「お客……さん、ではない……と、思うんですけど……」

安い発泡酒の缶が六本入ったケースを購入し、佐英の財布から代金を支払っている途中で、はっとした。ここで通報をして貰えばいいのだ。ヨアヒムにも、佐英にも気づかれず警官を呼べる。

「はいよ、おつり」

ありがとうございます、と小銭を受け取った静は数秒のあいだ悩んだが、結局、電話を貸してくださいとは言えなかった。

「じゃあ、また……」

「気をつけて。佐英さんによろしく」

どう見ても、どう考えても怪《あや》しい。それなのに、たしかに佐英の言う通り、ヨアヒムは悪人には見えないのだ。

自宅まで押しかけられている時点で迷惑には違いないのに、警察へ通報する、と具体的に想像するとやりすぎのような気がしてしまう。しかしこれはつけ込まれるパターンなのではという懸念《けねん》もあり、とても悩ましい。

　複雑な気分で店へ戻ると、佐英とヨアヒムは向かい合ってテーブルに座っていた。

「……しかし、驚いたな……わたしの小鳥が、このような慎《つつ》ましい家に住んでいるなど」

「まあ、たしかにうちは裕福な方じゃないしこの土地も借り物だけど、召使《めしつかい》さんのいるおうちなんて、もう世間にだってあんまりないと思うけどねえ」

「あの……佐英さん」

　声をかけると、ヨアヒムがぱっと振り返る。

「小鳥！　待ちわびたぞ！」

　あまり遅くなるようなら迎えに行こうと思っていた、と言う笑顔の彼の向こう側で、佐英は悪戯《いたずら》っぽい笑顔を浮かべた。

「おかえり、小鳥ちゃん」

「…………っ、」

　――誰が小鳥だ。

　静のいないあいだに余計なことを吹き込まれたらしく、面白がっている様子の佐英から目を逸らす。ぎりり、とヨアヒムを睨みつけると、彼はなぜそんな目で見られるのか判らない、とでも言いたげな顔で肩を竦めた。

「おつりとレシート、入れといたから」

「はいはい、ありがとう。ねえすごいわね、彼、魔女の力でずっと絵の中にいたんですって！　こうしてわたしたちとなんの問題もなく日本語を話せてるのも、たぶんその魔法の力だろうって」

「はあ……そうですか」

佐英に財布を返したあと、むっすりとした顔のまま缶をパッケージから取り出し「どうぞ」と渡したが、彼はそれを受け取って、さらに不思議そうな顔をする。

「これはなんだ？」

「ビールですよ」

あんたが飲みたいって言ったんだろ、と内心で文句を言っていると、ヨアヒムは大きな手の中で缶を回したりひっくり返したりした挙句、少し困ったように眉尻を下げた。

「そうか。だが、飲み口はどこにある？」

どうやら、開け方が判らないらしい。これが演技なら大したものだ。

なにも言わず彼の手から缶を取り上げ、ぷしゅ、とプルタブを押し開ける。

普段飲まないせいでうっかり、冷えているものではなく店頭に積まれていたものを買ってきてしまったが、生ぬるいそれをどん、とテーブルに置くと、彼は嬉しげに「ありがとう」と言った。

「不思議な容器だな。それに、この場所もまるで魔法の巣窟《そうくつ》だ。天井には燃えてもいないのに光る星のような装置があるし、向こうには温風の出てくる装置もある。佐英は否定したが、相当に力の強い魔女だな。ともかく、おまえも飲むといい」

「結構です。それに、人の祖母を魔女呼ばわりしないでください」

「……そうか？」

じゃあ、と軽く缶を掲げてから呷ったヨアヒムを、佐英はにこにこと眺めている。

「静、よかったわねえ、お友達ができて」

「友達ではない。恋人だ」

またその話かとため息をつき、静もその隣へ座った。彼の身の上や事情はともかく、ここに居座られては困る。なんとか説得しなくてはならないと思ったからだ。

だが、三人のいまいちかみ合わない会話は、静が考えていたのとはまったく別の方向へ進んでいった。

「そう、アンドリア……うーん、聞いたことがないわね。ヨーロッパかしら。それに一五〇四年なんて、いまから五百年前も前のことよ」

「五百年!?　なんと、あれから五百年も経ってしまったというのか！」

「そうよー、時代はもう、二十一世紀よ」

静はその会話を聞きながら、うなだれてため息をつく。ヨアヒムはともかく、佐英は完全に面白がっている。昔から、楽しいことが大好きで、あまり深いことは考えないところのある人なのだ。

「金なら身につけているものを売ればなんとかなると思うのだが、買い取ってくれる商人がどこにいるのかを知らないのだ。もしも知っていたなら、教えてくれ」

「無理にそんなことをしなくても、ここにいればいいわ。お店を手伝ってくれれば、静も助かるでしょう」

「ちょっ、佐英さん」

いくらなんでも、そこまでしてやる義理はないだろう。待ってくださいなにを言ってるんです、と慌てて割って入ろうとしたが、ヨアヒムの「いいのか！」という大声にかき消されてしまった。

「寝床を提供して貰えるとは、ありがたい。感謝するぞ」

「いいのよ、うふふ」

「よ、よくない！」

よくないです、と反論している静に構わず、佐英は「お店とはなんのことだ」と尋《たず》ねるヨアヒムに、喫茶店の説明を始めてしまう。軽食や飲み物を提供する場所だという言葉に興味深げに頷く彼は、「わたしはなにをすればいい？」と静を見た。

「……なに、って」

「ただそばにいるだけでなく、おまえの助けになりたい。なんでも言ってくれ。これからは二人で力を合わせて生きていかなくてはならないのだからな」

「これからは？　って、いったいいつまで居座るつもりで」

「いつまでいて貰ったっていいじゃないの、ねえ？」

いやそれはさすがに、と隣を見ると、佐英もいつのまにか缶ビールを開けていた。さほど強くない彼女の頬はもう赤い。

「な……どうして飲んだの！」

「え？　だって、ヨアヒムがあんまり美味しそうに飲むから」

「そんな、冷えてもないのに……」

「美味いぞ。それにビールはいつもこんなものだ。やや苦味が強いような気もするが」

「……あなたには訊いていません」

「いいじゃないの。乾杯！」

「乾杯！　愛しい者との再会に！」

「再会に！」

イエーイ、と佐英が明るい声を上げ、静は頭を抱えた。

以前、一度だけ彼女と友人たちのカラオケにつき合わされたことがあるが、同じような掛け声を新しい飲み物が来るたびに上げており、どうしてこんなに元気なんだと白目を剥《む》いたが、それとまったく同じトーンだった。

しかも、悪いことに今日、彼女が飲んでいるのは久しぶりの酒だ。

「佐英さん、それでもうやめにしなよ」

「判ってるわよ、一缶で我慢するから」

「どうかしたのか？」

「病気しちゃってね」

もう二年経つんだけどほら、足もこの通りと杖を見せる佐英に、ヨアヒムは「なんということだ」と悲愴《ひそう》な表情をした。

「おまえほどの魔力がありながら、随分と苦労をしたのだな」

「そうでもないのよ。静がいてくれたからね」

「……いいから」

この話の流れは、よくない。どうしたものかと知らず知らず俯けていた視線を上げると、ヨアヒムがじっと自分を見つめているのと目が合った。

「…………っ」

「どうした？」

「べ……別に」

なんでもありませんとそっぽを向いたが、どきりと跳ねた心臓はそのあともいつもより鼓動が速かった。ビールを飲んだわけでもないのに、と静は無言で唇を引き結ぶ。

「その顔、懐かしいぞ。おまえはわたしが的外れなことを言うたびに、よくそうして不満そうにしていた」

「……俺が？」

「そうだ」

彼は満足げに頷いた。

「そういう顔も、好きだった。おまえのどんな表情も、わたしにとっては自分以外、誰にも見せたくない大切な宝石と同じだ。まあ、笑顔はほとんど見せて貰えなかったが」

――好き、だなんて。

よくもそんなに軽々しく言えるものだ、と呆れる。そういう静はというと、この年になるまで恋をしたことがない。誰かの表情を自分以外に見せたくないなんて、考えたこともなかった。

「ああ、本当に……懐かしいな」

「……なにがですか」

「おまえはいまと同じように、最初はわたしに冷たかった。ちょっとした笑顔を見せて貰えるまでに、半年はかかったからな」

お互いの立場や父のこともあって嫌われていたのだろうと笑う表情は柔らかく、当初感じていたような「電波」な雰囲気はどこにもない。そのときになってようやく、静はヨアヒムの声がひどく耳に心地《ここち》いいということに気づいた。甘すぎず低くなめらかで、安心できる声だ。

「おまえはそういうつもりではなかったかもしれないが、それまで冷たい態度など取られたことがなかったから、驚いた。しかし、それもわたしにとっては楽しかったのだ」

むしろそういうおまえだからこそ心から笑わせてやりたいと思ったのかもしれない、と言う彼の手が、静の手の甲を覆う。

「…………っ、」

——いや、だからって、馴れ合うわけにはいかないだろ。

慌てて手を引っ込める。そうして睨みつけると、ヨアヒムは苦笑して、「すまない」と首を振った。

「最初から、二人でやり直しをするのだったな」

「別に、やり直してくれなんて、頼んでません」

「わたしがそうしたいのだ。おまえがわたしに、心から笑いかけてくれるまで」

「いいわねえ……」

うっとりとした声で呟く佐英はもうすでにとろんとした目つきで、少し身体が揺れている。缶の半分も飲んでいないはずだが、しばらく禁酒しているうちに随分と弱くなったようだ。

「佐英さん、もうやめておこう」

「そう、ああ、そうね」

またひっくり返っちゃったら大変だもんね、という彼女を座らせたまま、静はヨアヒムを見た。

「本当にうちに泊まるんですか」

「だめか？　おまえがどうしてもいやだというなら、遠慮しておくが」

「う……」

遠慮していったいどこへ行くというのだろうか。そんなことを心配する義理はないはずなのに、そして断るならこれが最善のチャンスだったはずなのに、なぜか「どうしてもいやです」とは言えなかった。

「……客用の布団はしばらく使っていないから、かび臭いかもしれません。寝るのも、仏間ですけど、それでもよければ、ただし、妙なことをしたらすぐに出ていって貰いますからね」

「ぶつま？」

首を傾げるヨアヒムと、「そうね、それがいいわ」と賛同する機嫌のいい佐英の隣で、静は小さくため息をついた。

翌朝、静は目を開けてすぐに、ああ妙な夢を見たなと思った。

展覧会に行ったら、絵の中から出てきた男に自宅までついて来られ、そのまま彼を泊める羽目になった夢だ。

「…………」

笑えることに、彼は前世での静の恋人だったらしい。

図々しくもほろ酔いのまま静の家へ上がり込んで、部屋の電気やストーブを見て「ここにも魔法の道具が！」と騒いだのち、壁と間違って襖《ふすま》へもたれ掛り、そのせいで外れた襖ごと廊下へ倒れるという惨事を引き起こした。

これからは二人で力を合わせて生きていかなくてはならないのだからな、という台詞を思い出して、苦笑する。自分で思っている以上に今後が不安だったのだろうか。その気持ちが夢にまで反映されてしまうとは。

「……頑張らないとな」

今日は月曜日、朝食をとって店を開けて、と考えながら起き上がると、階下から佐英の笑い声が聞こえた。こんな早朝から、誰か来ているのだろうか。

そんな予定はなかったはずだが、と寝起きでぼんやりしていた頭が徐々に冴えてきたところに、佐英とは別の声が聞こえた。

「わたしの名前はヨアヒム・アンドラーシュ・ベルトリ！」

「声が大きいわ！　もっと小さくていいのよ」

「そうか、すまない。つい……」

謝罪に続いて、お鈴《りん》を鳴らすチーン、という音がする。いったいなんの騒ぎか想像したくもないが、静はおもむろに頭を抱えた。

——ああ、夢じゃなかったか。

どんよりとした気分で眉間《みけん》にしわを寄せたまま着替えをし、階段を降りる。

彼が倒して破壊した襖はそのままだが、仏間の布団はすでに上げられ、仏壇の前には佐英と、マントとその下の衣装を脱ぎ、白いシャツとやけにハイウエストのパンツ姿でヨアヒムが座っていた。広い背中が真っ直ぐに伸びているのはいいとして、その肩の上にいる雀《すずめ》はどうしたことだろうか。

しかも右肩に二羽、左肩に一羽で合計三羽いる。

「なんですか、その雀」

「おお、小鳥！　よく眠れたか？　この鳥たちはさきほど外に出て朝の空気を楽しんでいたところ、集まってきた。可愛らしいだろう？　わたしは昔から、鳥が好きでな」

「……へえ……」

雀みたいな鳥なんて意志の疎通《そつう》も難しそうだし、なんの役にも立たないのに。意地悪く思った静の内心を知ってか知らずか、ヨアヒムは「地上を歩く動物よりも、いかにも自由でいいだろう?」と笑う。

「小さな頃は、この者たちのように飛べたら、と夢想したものだ」

「そうですか……」

飛びたいなら飛行機やヘリコプター、ハンググライダー。過激なところではスカイダイビングなどもある、と咄嗟に考えたが、彼が理解できるほどの詳細な説明ができるとは思えず、またそれを話して「やりたい」などと言い出されたらやっかいだ。

静はそれらを腹の底へ押し込め、「なんでもいいですけど、家の中にフンをさせないでくださいね」と言った。

「大丈夫だ。そのくらいは、きちんとわきまえているよ。なあ?」

ヨアヒムが指で撫でてやると、雀たちは嬉しげにチチチ、と鳴いた。

「それはともかく、いまおまえのご両親と祖父殿に挨拶をしたところだ。昨夜は酔っ払っていて、きちんとできていなかったからな。……ああ、おまえにも、まだだったな」

ヨアヒムは「おはよう」とごく自然な動作で静の手を取り、その甲に口づける。

「今朝のおまえも可憐だ」

「……な……っ！」

立ち上がって台所へ向かいかけていた佐英が「まあ！　いいわねえ」とからかうような口調で言うのを聞いて、かっと耳が熱くなった。

「どんな夢を見た？　わたしは出てきたか？」

奥面もない言葉に、思わず声が大きくなる。

「そっ、そんなわけないでしょう。やめてください！　朝っぱらから」

「しかし、朝の挨拶はいつも……」

「いいですから、そういうの」

やめてください、と慌ててその手を振り払い、洗面所へ向かう。油断も隙もない。

「さあ、朝ご飯よ。雀ちゃんたちはお外に放してあげて。お米はたくさん炊いたから、おかわりしていいのよ。あ、お箸《はし》は無理よね」

「佐英！　なんだこのどろっとしたものは。豆か？　豆なのか？」

取り返しのつかないほど腐っているぞ、とスプーンを手に訴えるヨアヒムの膝を蹴りたい気持ちはぐっとおさえて、静は「いただきます」と手を合わせる。

「これは納豆。こういう食べものなのよ、よっくん。慣れると美味しいわ。健康にもいいし。そうだ、卵を入れたら食べやすくなるんじゃないかしら。ちょっと待ってて」

「……よっくん⁉」

佐英の口にした言葉に目を剥く。

「呼びやすいでしょ、ヨアヒムもいい名前だと思うけど、舌を噛みそうになるから。はいどうぞ、自分で割って入れて頂戴《ちょうだい》」

「小鳥、おまえも呼びやすいように呼んでくれ。……おお、待て待て、ここへ生卵を入れるのか！」

「そう、よくかき混ぜてね」

すごい食べものだなこれは、と納豆にカルチャーショックを受けているらしい表情は、まるで海外旅行に来た外国人だ。

ため息をついてふと見やると、襖の向こうの仏壇の脇に立てかけるようにして、区民会館から勝手に持ってきた額縁が置かれていた。それ以外にも、腰から外したと思われるベルトのような器具や彼がまとっていた装飾具、剣がある。

「あの、ヨアヒムさん？　あの剣って……」

「ん？　ああ、あれは我が王家に伝わる宝剣のひとつで、わたしが成人した際に父上から賜《たまわ》ったものだ。他の装飾具もそれぞれに由緒《ゆいしょ》ある品《しな》だぞ」

「…………」

いやいやそういうことを聞きたいんじゃなくて、と静は軽い頭痛を感じた。ともかく、剣はどうやら本物らしい。

「ところで小鳥よ、佐英の血が流れているおまえも、同じように魔法が使えるのか？　別世界へ通じる扉や、瞬時に炎を起こすテーブルや……昨夜も驚いたが、この家は実にすごい。アンドリアの魔女にも、ここまでの力はなかったぞ」

「魔法？　そんなもの」

あるわけないでしょう、と答えようとして、静はハッとした。なるほど、ヨアヒムが彼の言う通り五百年前の世界から来たのであれば、現代のテクノロジーはすべて魔法のように見えてしまうのかもしれない。

彼の指差すのを見ている限り、別世界へ通じる扉というのはどうやら冷蔵庫のことで、炎を起こすテーブルというのはガスレンジのことのようだった。

「そう見えるかもしれないけど、違いますよ。これは魔法じゃなくて、科学の産物です」

「科学……？」

いったい、どうすれば理解して貰えるのか、見当もつかない。仕方がなく、静は「まあ、魔法のようなものかもしれませんね。俺もうちで使ってる電化製品の、全部の仕組みを詳しく知ってるわけじゃないし」と投げやりに答えた。

「電化、製品……」

「そうですよ。テレビとか」

「テレビ？」

「これです」

ちょうど朝のニュースを放送している時間だ。静はリモコンでテレビをつける。爽やかな音楽と共に番組が始まり、ニュースキャスターが画面に現れ「おはようございます」と笑顔を浮かべた。

「…………っ!!」

その途端、ヨアヒムは手に持っていた納豆の小鉢を落とし、椅子から立ち上がろうとして水の入ったコップを倒して割った。ごとん、どたん、がたがた、がしゃん！　という音に、静は目を吊り上げる。

「ちょっ……なにしてるんです！」

「あらあらあら、大丈夫？」

「こっ……小鳥、その者はいま、どっ、どこから現れたのだ!?」

「え、えっ？」

なにがですか、という静や食卓の惨状に構わず、ヨアヒムは仏間へ駆け込んだかと思うと、剣を手にして戻ってきた。止める間もなく、すらりとそれを抜く。

「きゃあ！」

佐英が短く悲鳴を上げた。静も椅子から立ち上がり、ヨアヒムを止めようとする。しかし、彼は佐英や静ではなく、ニュースを流し続けているテレビへと身体を向けた。

「いったいどこへ潜んでいた……？　まったく気配を感じなかったが……いや、よくよく見れば異常に身体が小さい、小人《こびと》……か……？　小人の刺客《しかく》など聞いたこともないが、名を名乗れ！」

「………………」

——そうくるか。

静は頭を抱えた。

しかし少し冷静に考えれば、照明や冷蔵庫さえ「魔法」と思う彼が、テレビなどという道具を瞬時に理解し、受け入れられるはずがないことは判りそうなものだ。迂闊《うかつ》にニュースなど見てしまった俺も悪い、と自分自身に言い聞かせる。

「おい、名を名乗れと言っているのだ。聞いているのか？　こうして姿が露見《ろけん》しても無視を決め込むとは、なんと不遜《ふそん》な輩《やから》だ」

「ヨアヒムさん。……ヨアヒムさん」

「静、離れていろ。大丈夫だ。いまわたしがこの小癪《こしゃく》な箱の鎧《よろい》を斬《き》り、中の者を引きずり出して」

「やめてください！　なにが大丈夫だ！」

叫び、静はテーブルの上から取ったリモコンでぷつん、とテレビを消した。突如真っ暗になった画面を見て、ヨアヒムが顔を強張らせる。

「き、消えた……!?」

いったいなにをしたのだ、と驚愕の表情を浮かべるヨアヒムの視線は、静の顔からゆっくりと下がり、手に持ったリモコンへと固定された。

彼の顔面にほんの僅かだが怯えの色が走ったのを見て、静はぴん、ときた。自分の思いつきを確認するために、ゆっくりとそのリモコンをヨアヒムに向ける。すると彼は剣を持たない方の手を顔の前に翳し、自分を庇うような動作をした。

「……や、やめてくれ、小鳥」

「え、なにがですか?」

「そ、その、魔法の……」

「ああ、もしかして、これですか?」

ひょい、と小さく上下に振ると、ヨアヒムの手もびくりと動く。

「…………っ!」

――やっぱり。

どうやらヨアヒムは、リモコンが魔法の杖かなにかで、人間を消すことができると勘違いしたようだ。これはチャンスかもしれない。静はごくりと唾液を飲み込み、「これがどうかしましたか?」と少々上擦った、わざとらしい声で言った。

「あー、それにしても、こんな狭い部屋の中で剣を抜いて振り回そうとするなんて、迷惑だな……。消えて貰った方がいいかな」

「わ、判った！　剣はしまう！　しまうから」

「本当ですか？　もうここで抜いたりしませんか？」

「し……しない」

しゃきん、と音を立ててヨアヒムは剣をさやへ収め、慌てて仏間へと戻しに行った。佐英が胸を撫で下ろす気配があり、静も「よかった」とホッとする。

「びっくりしたわねえ」

「……そうですね」

「でも、怖がらせたら可哀相《かわいそう》だわ」

「怖かったのはこっちですよ！　急に剣なんて」

「そうだけど……」

あとでちゃんと説明してあげて、と佐英に言われ、静は「まあ、あとで」と曖昧に頷いて、転がった食器を片づけ始めた。佐英から受け取った雑巾を、戻ってきたヨアヒムにつきつける。

「ヨアヒムさん！　あなたが零したんだから、ちゃんと拭いてくださいね」

「わ、判った。すまない」

朝食のあと、なぜか軽い疲労を感じつつ店へ向かう静に、ヨアヒムもついてきた。

「静、質問がある。結局おまえの言う喫茶店、とはいったい、なにをするところだ？」

「……お客さまが来て、お茶を飲んだり、軽食を取ったりするんですよ」

「なるほど、つまり、社交の場……サロンのようなものだな？　近隣諸国の貴族たちが同じような会をよく催《もよお》していたぞ」

「まあ……そう、かなあ……？　ちょっと違うかもしれませんけど」

うちに来るお客さまは貴族なんかじゃなくてみんなごく普通の一般市民、つまり庶民ですよ、と静はため息をつく。

「判らん。庶民に、なぜそのように優雅な生活ができるのだ？　日々の糧《かて》はどのようにして得ている？　狩りへ行き、畑を耕《たがや》さなくてよいのか？」

「日々の糧……は、スーパーに行けば売ってるし。いまこのあたりの庶民のほとんどは、会社っていうところに行って、働いてお金を稼ぐんです。まあ、もっと郊外へ行けば、畑を耕している人もいますけど」

「会社？　そこでなにをする」

「物を売ったり買ったり作ったり、そのための計算をしたり」

「……計算……学者の集まりか？」

ヨアヒムはいまいち理解できない、という表情を浮かべた。

「それで、その会社というのは、どこにある」

「そこら中にありますよ。一つじゃなくて、無数にあるんです。上手くいけば大きくなったり、反対に潰れてしまったり」

「王はいないのか。まつりごとは誰が行うのだ」

それは当然の質問だったが、すでに説明が面倒になっていた静は、やや乱暴に話題を変えた。

「……それより、本気で店を手伝うつもりなんですか？」

「もちろん」

改めてヨアヒムを頭のてっぺんからつま先まで眺めてみたが、顔の造りといい、長身なわりにやけに上品で優雅な身のこなしといい、存在感がありすぎて、到底《とうてい》店の雰囲気に馴染みそうには見えない。

佐英は「よっくん」などと呼んであっという間に受け入れてしまったようだが、静はまだ彼のことを信用していないし、そもそも缶ビールの開け方も判らない男に喫茶店の手伝いなどできるのだろうか。しかし、彼は自信満々に言う。

「わたしは他にやることはないし、おまえが毎日、どんな仕事をして暮らしているのかも知りたいからな」

「どんな、って普通ですよ」

自分と同じ年頃で、進学をしなかった場合、そのほとんどはこうして毎日働いているはずだ。静は店の中を突っ切って入口へ向かい、ドアの鍵を開けて、しまい込んであった路上用の看板を外へ出す。

「毎日、同じことの繰り返しです。準備をして、お客様を迎えて、飲み物や軽食の用意をして片づけて……それだけ」

「ははっ、なるほど」

急にヨアヒムが笑顔を見せたので、「なんです？」と首を傾げる。すると彼は「すまない」と片手を挙《あ》げてまた笑った。

「似たようなことを言うものだから。わたしたちが初めて個人的に言葉を交わしたのは書庫だっただろう？　ここでなにをしている、と尋ねたときの答えが、毎日息をして食べて眠ってただそれだけ、同じことの繰り返しだ、と。……上手くはぐらかされたが、なかなか哲学的な返答だったぞ」

また新しい設定が出てきた、やれやれと静は首を振る。

「だから、それは……」

「ああそうか、覚えていないのだったな。わたしがそこで、毎日同じことの繰り返しでつまらなくはないのかと尋ねると、おまえは心底呆れた顔をした」

カウンターの中へ入り、サイフォンの準備を始めた静の前に座り、ヨアヒムは続ける。

「それが人生というもので、王族も平民も変わりはしない。そうしていつか誰かに殺されるか、病気や怪我《けが》で死ぬかの違いだ、と」

それからわたしは毎日、おまえと話すために書庫へ足を運んだ、とヨアヒムは言った。

「つれない返答ばかりでも、次第におまえの好きな物語や、本について判ってくるのが嬉しくてな。何度も何度も話しかけて、もういい、鬱陶しい、頼むからあっちへ行っていてくれ、と言われたこともある。このわたしがだぞ！　しかし不思議なもので、おまえには邪険《じゃけん》にされることすら楽しく……」

長くなりそうだ。その前に、静は話の腰を折ることにした。

「あの、訊いてもいいですか」

「なんだ？　なんでも訊いてくれ」

「ヨアヒムさん、その、年齢はいくつなんですか」

「わたしか？　絵の中に閉じ込められる前は二十五になったばかりだった。いまはそこに五百年あまりを足さなくてはならないようだが……どうした。なぜそんな顔をする？」

「……あ、いえ」

二十五歳。てっきり、自分より十歳くらい上かと思っていた。日本人とは明らかに違う彫りの深い顔立ちや、仰々《ぎょうぎょう》しい話し方のせいかもしれない。

意外に若かった自称王子は、「だが、わたしが自身のことに興味を持ってくれたのは嬉しい」とポジティブに言って笑う。

「いや、別に……興味、というほどでは」

「おまえはいくつだ？　待て、当ててやろう。十九だろう」

「え、どうして判るんですか？」

思わず驚いて目を見開くと、彼は「ふふん」と得意げに胸を張った。

「前世と同じだ。もっともわたしと初めて出会ったときは、まだ十八歳だったが」

「……また、それですか」

前世、という単語の胡散臭《うさんくさ》さといったらない。

「ところでさっきから支度をしているそれはなんだ？　錬金術でも始めるつもりか？」

指差され、静は手元を見やる。三台並んだサイフォンはどれも年代物で、そろそろ丸みのあるガラス部分も曇りがちだが、佐英が丁寧に使ってきた道具だ。壊れてしまうまで使うつもりでいる。

「違いますよ。これでコーヒーを淹れるんです」

「コーヒー？」

「飲んだことないんですか？」

「ない」

彼の言う「アンドリア」がどの辺にあるのかは知らないが、五百年前となると存在していなかったのだろうか。コーヒーはアラビアからオスマントルコ、ローマ法王へと伝わってきた飲み物だったという話を聞いたことがあるが、正確な年代は判らない。

ヨアヒムの前にコーヒーの入ったカップを置くと、彼はその湯気を吸い込んで「よい香りだ」と言った。

「熱いので気をつけた方がいいですよ」

つい老婆心《ろうばしん》で注意を促《うなが》してしまったが、放っておけばよかった、とすぐに少し後悔する。勝手に家へ上がり込まれ、酒と食事まで振る舞ったのだから、これ以上親切に接する必要などないのだ。ヨアヒムが屈託《くったく》なく喋りかけてくるせいで、調子が狂う。

「変わった味だな。苦味が……しかし美味い」

少なくとも納豆よりはこっちの方が好きだ、とヨアヒムはほんの数口でコーヒーを飲み切ってしまった。

「もう一杯、頼む」

「だめです」

こちらも商売なので、と冷たく断って、静はさっさと彼の前からカップを下げた。

「おまえの役に立てばまた淹れてくれるか？」

「……さあ、どうでしょうね」

まあしかし、どうせアルバイト代など出せないのだ、コーヒー一杯で働いてくれるなら、と思った静はハッとした。

──別に手伝いなんて、必要ないのに。ただでさえ、うちはずっと暇なんだから。

やはり知らず知らずのうちに調子を狂わされ、そうして彼のペースに引き込まれている気がする。危険だ。

佐英さんはあんな風だから俺がしっかりしないと、と自分を戒《いまし》めているうちに開店時間になり、モーニング目当てだろう、客が一人やってきた。スーツ姿で初老のサラリーマンだ。あきらかにかつらと判るボリュームの黒々とした頭を凝視《ぎょうし》してしまいそうになり、静は慌てて目を逸らす。

「い、いらっしゃいませ。……ほら、ヨアヒムさん」

カウンターに座ったままだったヨアヒムを立たせ、席を空けさせる。

いらっしゃいませでしょう、と小声で促すとようやく伝わったようで、「ああ。いらっしゃいませ」と言った。

「おまえは静や佐英とは違う、変わった服装をしているな。祭司《さいし》か？　しかしそのかつらはいいな、よく似合っているぞ」

「…………!!」

どうしてよりによってそこにコメントを、と静は卒倒《そっとう》しそうになる。

「よ……」

「か、かつらじゃ、ない、これは……」

「はは、なにを言う。どこからどう見てもかつらではないか！　西の国では白髪《はくはつ》のかつらが流行《はや》っていると聞いたことがあるが、おまえのその色もなかなかだ。さてはかなりの洒落者《しゃれもの》だな」

「…………っ、」

青ざめ、絶句しているサラリーマンに、ヨアヒムは「それより」と話を変えた。

「招待状は持っているのか？」

「……は？」

「招待状だ」

静が出したものを確認させて貰おう、とヨアヒムはさらに手を差し出した。

「…………!?」

なにを要求されているのか判らない、という表情の客と、静はほぼ同じ気持ちだった。

「よ、よ、ヨアヒムさ……しょ、招待状って、な、なんですか」

「ここはサロンなのだろう？　誰かの紹介か、静自身の招待がなければ座らせるわけにはいかない。どこの馬の骨とも判らぬ輩が入り込んでは……」

「ち……っ、」

違う、そういうことじゃないと静が説明をする前に、客は「えっ、ここ会員制なの？」と声を上げた。

「こんな喫茶店で？」

「こんな、とはどういう意味だ？」

「……あ、いや……」

　朝っぱらからおかしな相手に関わりたくない、という表情を浮かべる客に、静は慌ててヨアヒムの腕を引く。

「ちょ……っ、やめてください、いらないんですよ、招待状なんて！　……あの、失礼しました。すみません、この人ちょっとまだ日本語が怪しくて、その、文化の違いというか悪気があったわけじゃ」

「どうした、わたしはなにか間違ったことを言ったか？」

「いいから！　いいから、謝ってください」

　ヨアヒムはあまり納得していない顔ながら、一応は「すまなかった」と客に向かって謝罪した。

「あ、いや……す、すみません、今日はちょっと、もういいです」

　じゃあ、とサラリーマンは踵を返し、足早に店を出て行ってしまう。

「あ……」

　本日一人目の、しかも新しい客を逃してしまった。しかもあの様子では、きっともう二度とここへは来てくれないだろう。

静の気持ちも知らず、ヨアヒムはふむ、と顎に手をやる。

「招待状も紹介も必要ないのか。随分と寛容《かんよう》な」

「………っ」

──ああ、いやだ、もうなにもかもが。

静の胃はきりきりと痛んだ。ここは初めての相手にも軽食と休憩を提供する店だし招待状など出してもいない、この店に入るかどうかの選択肢は彼らお客の方にあるのであってこちらがどうこうできることではない、と必死で噛み砕き、説明をする。

「少しのあいだ、寛《くつろ》いでいただくための場所なんです。だから、余計なことは言わないでください。その口調で話しかけるのもやめてください。あとこの国ではかつらを指摘することは侮辱《ぶじょく》に当たります！」

「なんと……そうだったのか、しかしああも判りやすく……」

「とにかく！　かつらだって判っても、絶対に指摘しないでください。褒めるなんてもってのほかですから！　ああもう、説明はあとで。とにかく今日はなにもしないで、ここで見ていてください。いいですね！」

「……？　判った」

ほとんど客の来ない午前中の時間、言いつけられた通りその場に立ち尽くしていた彼は、ランチタイムにほんの少しだけバタバタしだした静を見て「なにかしなくては」と思ったのか、カウンターの端から声をかけてきた。

「静、静！　わたしはなにをすればいい？」

「なにもしなくていいです。そこにいて、動かないでください」

「う、動くのもだめなのか」

「だめです！」

いるのはたった二組、満席にもならない状態だが、ナポリタンにミックスサンド、ピラフと軽食の注文が重なった。

朝のうちに具材の下ごしらえはしてあるとはいえ、まだまだ手際《てぎわ》の悪い静はおおわらわだ。なにもかも一人で作り、そして運ばなくてはならないので、ヨアヒムに仕事を教えたり、指示を与えたりしている暇などない。

一度だけつい誘惑に負け、「これ、向こうのテーブルのお客さまに持っていってください」と渡したサンドイッチの皿を運んでいったヨアヒムが、「そら、静の手作りだぞ。存分に楽しむがいい！」と笑顔を見せたので静は目の前が真っ暗になったが、客は怪訝な顔をしただけでなにも言わなかった。

ランチタイムが終わり、溜まってしまった食器を洗っていると、「口を閉じてそこに立っていろ」と指示した位置からヨアヒムが声をかけてきた。

「小鳥よ、仕事は終わったのか？」

「まだですよ。……店は六時までです」

そうか、喫茶店というのはなかなか重労働なのだな、と呟く彼にため息をこらえつつ、洗い物を終える。

すると佐英が顔を出し、「お昼ご飯できてるわよ、交代でどうぞ」と声をかけてくれた。

「わたしはあとでいい。行ってこい」

「命令しないでください！」

店に二人を残したままなのが心配で、佐英の作ってくれた親子丼を掻き込んですぐに戻ると、彼女はヨアヒムに席の呼び方を教えていた。

「いーい？　カウンターは向こうから一、二、三、四、五。テーブルは入口側から六、七、八よ。静が六番さんって言ったらそこ、一番さんって言ったらそこの席のこと。ね、簡単でしょ」

「なるほど」

「……佐英さん、余計なことを教えないで」

「いいじゃないの、手伝って貰えば」

いまだに彼を信頼したわけでも正式に雇うつもりでもない以上、店の中をうろつかれるのは迷惑だと思ったが、佐英には強いことは言えない。黙ってテーブルを拭いて回る静をよそに、ヨアヒムへのレクチャーは続く。

「下々《しもじも》の者への給仕をせよということか。……難しいな」

「今後、下々の者とか、そういうことをお客さまの前で言ったら即、追い出しますよ。判りましたか？」

「しかし……」

「それに俺は、追い出す前に、あの魔法の道具であなたを消してしまうことだってできるんですからね」

「……判った」

「静、そんな怖い言い方しなくても。それにあんなの、ただのリモコンじゃないの。言葉遣いについてはわたしも教えるから」

午後からの時間いっぱい、注文の取り方など基本的なやりとりを教えられたヨアヒムの様子を見ていたが、彼はそのあいだに皿を三枚、カップを二脚、灰皿を一つ割ってダメにした。挙句、「佐英に頼み、魔法で復元して貰おう」などとけろりとした顔で言われ、静のこめかみに青筋が浮く。

「……もう出て行ってください」

「待て、待ってくれ。悪かった」

静は店のドアを指差したが、わたしはいままで皿を運んだことなどないのだ、練習が必要だとヨアヒムは食い下がる。

「い、一度も!?」

「あたりまえだ。王子が自《みずか》らそんなことをしては、労働階級の人間が迷惑するだろう?」

「…………っ、」

たかだかこの狭い店内でものを運ぶというだけのことで、階級制度云々《うんぬん》の話が持ち出されるとは思わなかった。絶句している静に、佐英が声をかける。

「まあまあ、静、いきなりなんて誰だって失敗がつきものよ。もう少し様子を見てあげましょう。あなただって最初はたくさん失敗したじゃない、注文を取り間違ったり、ピラフに全然、味がついてなかったり。ね?」

そう諭されて、仕方なく腕を下げた。

「……まあ……」

たしかに店を引き継いだ当初、静もたくさんの失敗をした。そのときのことをさらに持ち出されるのは都合が悪い。

「わ、判りました。……ただし、お客さまへの失礼な振る舞いが目に余るようなら、即刻出て行って貰いますからね!」

「失礼など! 話し相手になろうと努めただけではないか。世間話はコミュニケーションの基本だろう」

その言葉に、思わず目じりを吊り上げる。

「努めなくていいんです！」

やめろと注意したにも拘わらず、ヨアヒムはその後、唯一やってきた客の向かいや隣へ勝手に座り込んで「世間話」を持ちかけていた。当然のことながら話がかみ合わず、ちぐはぐな受け答えに困惑する客から彼を引き離し、いいから大人しくしていろと言い含める静は、今日だけでかなり胃を痛めた。

いったい誰が喫茶店に来て、見ず知らずの外国人に「普段どのような暮らしをしているのだ」「納豆は好きか？」などと質問攻めにされたいと思うだろうか。

明日からはカウンター内にリモコンを持ち込んでおこう、と決意する。ヨアヒムが妙な動きをしたら、すぐに脅《おど》せるように、だ。

「判った。判ったから、怒らないでくれ。こう見えて案外傷つきやすいのだ、特におまえに叱《しか》られると、なんだか心臓がきりきりきりする」

「こっちは胃がきりきりしますよ、まったく……」

「すまない。愛しているよ、わたしの小鳥。どうか機嫌を直しておくれ」

「あ……愛……って、」

正気か、とその顔をまじまじ見たが、ヨアヒムは本気のようだ。そういえば絵の前で突然現れたときにも、愛していると絶叫していた気がする。

「これを」

「俺に？」

いつの間に摘んできたのか知らないがピンク色をしたコスモスの花を差し出され、仕方なく受け取った。もしや、玄関先で佐英が育てていたものだろうか。

「よく似合うぞ。おおなんだ、その顔はどうした？　さては、相変わらずわたしの言葉を信用していないな！」

「……相変わらず？」

「かつてのおまえもそうだった」

「でしょうね」

判る気がしますよ、と脱力しつつ返すと、なぜかヨアヒムは嬉しげな顔で「そうか、そうだな」と言う。静は受け取ったコスモスに視線を落とす。

「言っておきますけど、俺は、あなたの言う前世だの魔法だのっていう与太話《よたばなし》を信じるつもりはありませんから」

「ははは、手厳しいところも同じだな。小鳥よ、一国の王子に対してその虫けらを見るような目つき、懐かしいぞ！」

「すみませんけど、その小鳥っていうの、やめて貰ってもいいですか」

「嬉しいのか？」

「いいえ、気持ち悪いんです」

きっぱりと言ったが、彼ははははと笑う。この王子はもしかすると、マゾなのかもしれない。さらなる気持ち悪さを感じて目を逸らすと、店内に唯一だった客が帰ろうと立ち上がるのが見えた。

「あ、ありがとうございま……」

「おおなんだ、もう帰るのか！　忙《せわ》しない、まだ一時間も経っていないではないか。ゆっくりしていけ」

ヨアヒムは店中に響く朗々とした声で言い、伝票を持った客はびくりと肩を揺らす。慌ててレジの前へ移動しながら、静は小声で「ヨアヒムさん！　口調！　言葉遣い！　いったい何度言ったら判るんですか⁉」と叱責《しっせき》した。

「ははは、そうだったな、すまない」

さほど反省した様子のない彼はそうして閉店時間まで、静の胃を攻撃し続けた。

夜になり、店の片づけや清掃を終えて奥の自宅へ戻ると、いつも通りの客入りだったにも拘わらず、やけに疲労感が大きい。

朝から色々とあったせいだろう。いや、正確には、昨日からか。

「戻ったか。ご苦労さま」

閉店後の作業を見て「うん、それはわたしの仕事ではないな」と勝手に決め、先に奥へ引っ込んでいた疲労感の元凶はすでに風呂へ入ったらしく、佐英に借りたらしい浴衣《ゆかた》姿でビールを飲んでおり、静は軽い殺意を覚えた。

優雅なものだ。しかもその浴衣は、静の亡き父のものではなかっただろうか。

「随分といいご身分ですね」

刺々しい声が出てしまったが、「身分？　ああ、まあこう見えても王族だからな」と皮肉に気づかないヨアヒムは言う。

「我が王家は父上で三代目、アンドリアは周囲を深い森と川に囲まれた小さな国家だ。平民はみな羊や鶏を育て、畑を耕して作物を作り、森では狩りをし、また湖で漁をして暮らしていた」

はるか遠くまで広がるアンドリアの森が懐かしい、おまえも緑の海のような景色を城の高い場所から眺めるのが好きだっただろう、とヨアヒムが言う。

「しかし、その美しい国もいまはどうなっていることやら……そうだ、覚えていないかもしれないが、おまえもわたしに劣るような身分ではなかったぞ。出生《しゅっしょう》は貴族だが、おまえの母がわたしの父に嫁《か》して、王族の一員となったからな」

彼の話の中に聞き捨てならない情報が含まれていたような気がして、静はテーブルにつこうとしていた動作を止めた。

「あの、ちょっと待ってください？　……なにがどうしたって言いました？　いま」

「おまえの母が、わたしの父に嫁した。後妻として」

「は……」

――嫁した？　後妻？

「え、あれ？　でもそれだと……つまり、前世の俺と、ヨアヒムさんは、その、兄弟だったってことに」

「ああ。血の繋がらない兄弟だな。昼も話したが、城へやってきたときおまえはまだ十八歳で、身体つきも細く、まるで華奢《きゃしゃ》な少女のようだった」

「でも……前世、恋人同士だったとか、言ってませんでしたか？」

「そうだ」

それがなにか、という表情で頷くヨアヒムに、静は今日何度目かの眩暈を覚えた。

「あなたは……じゃあ、義理の弟と……」

つき合ってたんですか、と言いかけて台所の佐英の存在に気づき、声をひそめる。椅子に座ると、ヨアヒムも真似《まね》をして声を小さくした。

「仕方がないだろう。一目惚《ひとめぼ》れだったのだ」

だからといって二十四、五歳の男が未成年に手をつけるとは、と静は眉を寄せる。仕方がない、で済まされることとなのだろうか。果たして彼の国の「未成年」の定義が何歳だったのか知る由もないが、それでもなんとなく犯罪臭さを感じてしまう。

「おまえの母上もなかなかに美しい方だったが、おまえも負けず美しかった。女のような華やかさはなくとも、谷間や深い森の奥にひっそりと咲く百合《ゆり》のように慎ましく、それでいてどこか淫靡《いんび》な香りのする……」

彼の説明はまったく自分と重ねることができず、静はため息をついて首を横に振った。

「やめてください。……というか、生まれ変わって人種が変わってしまったら、もうその時点で別人だと思いますけど」

「いや、こう言ってはなんだが、絵から出ておまえを見たとき、あまりにも変わらないので驚いた。わたしを見る不審げな黒い目に、可憐な相貌……」

だからすぐにわたしの小鳥だと判った、とヨアヒムは言う。

ということは、自分はどこか淫靡な香りのする百合なのだろうか。なんだそれは。あまりのそぐわなさが妙におかしくなってしまい、思わず鼻で笑ってしまった。どこからどう見ても十人並みの顔に、その比喩はありえない。

「ははっ、百合って、そんなバカな」

「おお、まさにその表情だ」

「え？」

「わたしが初めておまえにそれを伝えたときも、おまえはそうして鼻で笑った。おまえのことを小鳥と呼び始めたときも。頭がおかしいのかとも言われたな。だが、わたしはおまえの愛らしさを例えるのに、これ以上の言葉はないと信じていたよ」

「…………」

——うん、どうしよう、だんだん他人とは思えなくなってきた。

前世の自分もヨアヒムの一連の言動には呆れていたのかと思うと、妙な親近感が湧く。

「書庫へ何度も足を運び、話しかけ、ときに鬱陶しがられているうちに、会話が成立するようになってきた。わたしは随分ともの知らずで、おまえに色々なことを教えて貰ったよ。周辺の国の存亡《そんぼう》や遠い異国のことや、砂漠を渡ってくる異教徒のこと。すべて本を読んで得た知識だと言っていた」

それにそういうことを話しているときのおまえは、いつもの退屈げな表情ではなかった、とヨアヒムは懐かしそうな口調で言う。

「おまえと話していると、心が凪《な》いだ湖面のように静かになるのを感じた。不思議な安らぎと、それ以上の幸福感があった」

「……幸福、ですか」

「ああ。しかし言った通り、我々は義兄弟という立場だったからな。おまえの手を取ったり、口づけをしたりするのはまずい、とわたしにも判っていた。だからずっと我慢をしていたのだが」

「だが？」

普通はそのまま我慢を通すものではないのだろうか、と静は思った。義兄弟という以上に、王族の一員であり、責任ある立場だろう。それもヨアヒムの話からは、相手である小鳥が彼のことをどう思っていたのか、まったく判らない。

「わたしも健全な、若い男だ。愛しいと思う相手が目の前にいて、なにもせずにいられるはずはないだろう？」

「その……小鳥は、イリヤでしたっけ？　イリヤも……あなたのことが？」

本当に好きだったんですか、と疑いも含めて尋ねると、彼は自信たっぷりに頷いた。

「もちろんだ！　いや、あれはそうしたことははっきりとは口には出さなかったが、わたしの行動を咎《とが》めたりはしなかった。いつも困ったような顔をして、それでも最後には受け入れ、口づけを返してくれていた」

──困ったような顔をしていた、って、本当に心底、困ってたんじゃないのか。

「我々は人目を欺《あざむ》きながら、次第に深く愛し合うようになっていった。こうして再会できたのがその証拠だ」

なんだか、一方的な話ばかりで腑《ふ》に落ちない。それに本当にヨアヒムの言う通り深く愛し合っていたのなら、なぜ「再会」しなくてはならない事態に陥《おちい》ってしまったのか。謎は多いが、興味を示しているようなそぶりを見せたくなくて、静はただ黙って「どうだか」という視線を向けた。

「そうして疑っているおまえの顔さえ愛らしく映る。疎《うと》まれようと、冷たく突き放されようと、たとえ嘘をつかれようとも……その嘘さえ、ひどく愛しいと思うのだ。愛情とは、おかしなものだな」

「……嘘？」

その言葉を聞いたとき、急にどきりとした。

静は昔から、嘘をつくのが怖い。方便として必要なシチュエーションがあったとしても、取り返しのつかないことが起きるような気がして、なにも言えなくなってしまうのだ。

——なんだろう、この感じ。

そのとき、佐英の声がした。

「静、そこにいるの？　ご飯できたから、運ぶの手伝ってくれる？」

「あ、うん。いま行くよ」

会話が中断され、なんとなくホッとする。

だが夕食を終え、自分の部屋へ引き上げた静は帳簿をつける手を止め、ヨアヒムに言われた言葉をぼんやりと思い返していた。

——愛しているよ、わたしの小鳥。仕方がないだろう。一目惚れだったのだ。

俺には判らないな、と思う。

いまは亡き両親や佐英が、自分に対して愛情を持ち、接してくれたことは知っている。静も当然のことながら彼らに対して親愛の情があり、それは理解できるのだが、肉親以外の人間に対する恋愛感情は、昔から謎でしかなかった。

いつか自分も誰かを好きになり、つき合いたいとか結婚をしたいとか思うようになるのだろうかという想像が、上手くいったことはない。どうしてかいつも、そんなことは自分の身の上には起こるはずがない、ふさわしくない、と考えてしまうからだ。

実際に静はこれまで一度も、家族以外の誰かを特別に好きになったり、離れたくないと思ったことがない。

普通、多くの人は遅くとも思春期を迎える頃には初恋をした経験があり、恋の切なさや、誰かと気持ちが通じ合ったときの嬉しさを知っているものらしい。テレビや映画や小説から得た知識ではそうだ。

——もしかしたら、俺はどこか、情緒《じょうちょ》に欠陥《けっかん》のある人間なんじゃないだろうか。

漠然とそう考えたままでこの年齢になってしまい、いまでも、激しい恋愛に身を委《ゆだ》ねるような物語は映画にせよ小説にせよ、登場人物に感情移入したり共感したりすることができず、苦手なままだ。

だからなおさら、ヨアヒムのような男の言うことは、上手く理解できなかった。

翌日の午後、あいも変わらず閑古鳥の鳴く店内へ、一人の客が店へ入ってきた。

「……よう、御園」

「笹神……」

茶色に染めた髪に、高そうなシルバーアクセサリーをじゃらじゃらとつけている。客もまばらな店内を素早く見回し、バカにしたように「随分忙しそうだな」と鼻で笑うのは、先日もここへ電話をかけてきて、「確認するからな」と言った笹神だ。

あまり見たくなかった顔に、静は思わず下唇を噛む。高校卒業と共に完全に縁が切れたと思っていたというのに、なぜいまになって自分につきまとうのか。

「あー、なに飲むかな。ブレンドでいいか」

「かしこまりました。静、ブレンドコーヒーを」

「つーか、これ誰だよ？　御園」

「なんという不躾《ぶしつけ》な。しかし教えてやろう、わたしの名前はヨアヒム・アンドラーシュ・ベルトリ！　アンドリアの……」

「ヨアヒムさん、いちいちフルネームを名乗らなくていいから！　こっちに来て！」

「む……そうか。まあ、寛いでくれ」

なんだこいつ、という顔で笹神がこちらを見たが、静は俯いて彼と視線を合わせないようにする。しかしその遠回しな「あまり話をしたくない」というニュアンスは、伝わらなかったようだ。

「おい御園、コーヒーはおまえが持ってこいよ。俺がわざわざ来てやったんだからさ」

来てくれなんて頼んでないんだけどな、と思ったが口には出さず、静はカウンターからヨアヒムに渡そうとしていたカップを自分で運んだ。

「話って、なに？」

テーブルの脇に立って尋ねれば、「まあ座れよ」と促された。忙しいからという言い訳は通用しなそうだ。諦めて、静は彼の向かい側へ座る。

笹神はそれでも不満げに髪をかき上げ、やや厚い唇を歪めた。

「おまえさあ、いい加減にしろよ。俺昨日もメールしたんだけど？　なんで無視とか、そういう態度が取れるわけ？　ありえないだろ」

「なんで、って……」

「あんな偏差値高い高校出て、結局こんな店、継いでさあ。人生挫折《ざせつ》してるおまえみたいなのと友達でいてやってるの俺くらいだろ。もっとありがたいと思え。な？」

学生時代にも、これが彼の口癖だった。

笹神には静以外にも交流のあるらしき相手が何人かいて、静はどうして彼が自分に構ってくるのか不思議に思っていたところがある。おまえみたいな根暗とつるんでやってるんだから感謝しろよという彼の要求で使い走りのような役目もさせられたが、つまりそれが便利だったのだろうか。

とはいえ彼の「友人」はみな彼より成績が悪いか家が貧しいか、もしくは静のように他に友人がいないようなタイプばかりで、つまり「言いなりにできる相手」をわざと選んでいたことは間違いない。

彼らが別の大学へ進んでしまったり、大学で新しい人間関係を築いてしまったりしたせいで、おそらく笹神にはいま、そうした相手がいないのだ。

その結果、進学せず、笹神に対しては立場が弱く「負け組」と認定できそうな生活をしている自分にふたたび白羽《しらは》の矢《や》が立ってしまったのだろう。そう推測する静に気づかず、笹神は椅子にふんぞり返って続けた。

「たまにはさあ、こんな潰れかけた店のこと忘れて遊ぼうぜ。最近、渋谷のクラブで知り合ったやつらと飲んでんだ。普通にサラリーマンとか、中には水商売してるのもいるけど、いい感じに頭がおかしい人間ばっかでさ」

そいつらと知り合ってから大学が死ぬほどつまんないんだよなあ、と笑う笹神が通っているのは、都内屈指《くっし》の有名私立だったはずだ。この調子では夜遊びばかりで、勉強は疎《おろそ》かになっているのではないだろうか。

「そんなに遊んでて、大丈夫なの」

笹神の父親は事業家だ。この店や裏の自宅の敷地も含めて数多くの不動産を所有しており、この辺りでは名士として有名で、息子の成績にはとても厳しい。三人兄弟の末っ子で、いつもプレッシャーをかけられていると聞いたことがあるためそう尋ねると、彼は大げさなほど顔をしかめた。

「はあ？　おまえ俺のことバカにしてんの？　いくらなんでも高卒に心配されるほど落ちぶれてねえんだけど」

静は「そう」とため息をつく。吐き捨てるような、高卒という言葉に込められた侮蔑《ぶべつ》のニュアンスが、さきほどの推測を確信に変えていく。高校時代と同じく、自分は彼にはつき合いきれないということは、はっきりと言った方がよさそうだった。

「……笹神、」

悪いけど、と言いかけた静の隣に、そのとき突然誰かが座ってきた。

「失礼。……おまえたち、さきほどから随分と込み入った話をしているようだが、少し聞きたいことがある」

「ちょ……ヨアヒムさん？」

どうしてこのタイミングで割り込んできたんですか、と静は片手で目元を覆った。面倒なことになる予感しかしない。

「はい？　ていうか、誰？」

「さきほど名乗ったはずだが。静とは親しいのか？　何年ほどのつき合いになる？　関係は友人か？　それにしては微妙な温度の差を感じるが。それにしても、あまりよくない顔をしているな。なにか思いつめてはいないか」

「はあ？　おいなんだよこいつ、バイトか？」

尋ねられ、慌てて首を振った。

「えっと……違う」

手伝っては貰ってるけどバイトとして雇ったわけじゃない、という静の説明は、笹神にはさらに謎だったようだ。

「……それより笹神、悪いけど、俺と笹神じゃいまは環境も違うし、金銭的にも遊んでる余裕がないっていうか、だから」

「あーはいはい、そういうことね。金がないなら俺が出してやるよ。それでいいだろ？」

「いや、そういうことじゃなくて……」

薄笑いしている笹神にどう説明すれば判って貰えるのか、と困り果てたとき、彼がヨアヒムに「結局世の中、金だよなあ」と言った。

「友達とか、親友だって金で買えんだぜ。なあ御園」

「そうか。しかし、愛は買えないだろう？　もちろん一夜限りの愛などではなく、たとえ悲劇に巻き込まれ、離れ離れになってしまったとしても、五百年越しにでも再会できるような真実の愛だ」

そう言ったヨアヒムは、熱の篭った眼差《まなざ》しで静を見た。そんな風に見られても困ります、俺に同意を求めないでくださいと視線で伝えようとしたが、無駄だったようだ。

「つまりわたしと、静のような」

「おい、こいつがなに言ってんのか全然判んねえんだけど？　頭おかしいだろ」

まったく話の通じない笹神にもうんざりだが、その意見にだけは賛成できる。静はとりあえず、ヨアヒムを無視することにした。

「笹神、悪いけど……お金を払って貰っても、行けないものは行けないんだ。今後、そういうつき合いをするつもりはない。だから、誘ってくるのもやめて欲しい」

「はあ!?」

コーヒーのお代はいらないから、と静は立ち上がる。

初めてはっきりと彼を拒絶した静はちらりと笹神の顔色を窺《うかが》った。学生時代にこんなことを言えば、きっと激怒されていただろう。短い「友人関係」のあいだながら、諍《いさか》いが億劫《おっくう》だったこともあり、彼には一度も異論を唱《とな》えたことがなかった。

彼はなにも言わず静を睨みつけると、そのまま立ち上がり、ドアに向かって歩き出した。ごめんと謝るのもなにか違う気がして、そのあとを追う。せめて見送りをと思って店の外へ出たところで、彼は「判ってんだろ？」と囁く。

「三年のとき、俺がおまえにしてやったこと、忘れてないよな？　俺がいなかったらおまえ、高校生活の最後まで友達なんて一人もいなかったんだから。な？」

「え……？　いや……でも」

——だけどおまえは佐英さんが倒れて、俺が大変になった途端、一言も話しかけてこなくなっただろ。

あえて自分から距離を置いていたというのもあるが、要するに彼は、たった一人の家族が倒れ、学校での授業と病院での看病を両立させなくてはならない自分に関わるのが面倒くさかったのだろう。

それでいまさら「友達」などと言われても、嬉しいはずもない。反応の芳《かんば》しくない静に焦れたのか、笹神はさらに言い募《つの》った。

「判ってんだろうな？　こんな店、潰そうと思えばいくらでもできるってこと。おまえ、誰の許可得てここに住んでると思ってんだ？」

「……それは、」

「俺に逆《さか》らったらどうなるか、よく考えろよ。いままで、おまえが変な態度取ってても、友達だから見逃してやってたんだぞ」

たしかに笹神の父親の所有する土地だが、その息子にどんな権限があるというのだろうか。ここで暮らすのに、許可を得る必要もない。静と佐英は正当な代価を支払ってこの土地を借りている。

反論したいが、もし万が一、という懸念に阻《はば》まれて、静は唇を噛んだ。

——なんで？　どうしてなんだよ。

そうした立場の差を振りかざしてまで、どうして自分になどそこまで執着《しゅうちゃく》するのか、意味が判らない。彼とは幼馴染《おさななじみ》でもなんでもなく、高校三年になって最初の数か月間、言葉を交わしたり、教室の移動や登下校を一緒にしていた程度の関係だ。

ここではっきりさせておかなくては、と静は覚悟を決めた。

「笹神は昔から、自分の言うこと……我儘《わがまま》とか、なんでも聞いてくれる便利な相手が欲しいだけだろ。友達なんかじゃなくて、そういう、下僕《げぼく》みたいな真似、俺は……俺には、無理だから」

精一杯そう言いきって、静は顔を上げた。

「……御園」

「じゃあ、気をつけて」

これで十分に伝わったはずだ、と店内へ戻ろうとした静の背後で、笹神がぼそりとなに

か呟いた。「え？」と振り返ると、彼は青ざめた顔のまま、
「裏切り者」
と言った。
ふたたび絶句し、なにも返せずにいる静を置いて彼は去っていく。その背中を見送って、
胸に手を当てた。
――裏切り者？
どきどきとやたら心臓がうるさい。あんなのは単なる捨て台詞で気にすることはないと
理性では判っているのに、感情がそれを理解せず、違う、誤解だと人目も気にせず叫んで
しまいたかった。
「静？　どうした？」
「……あ、」
いつまでも戻ってこない静を気遣ったのか、ヨアヒムが顔を出した。金色の混じったよ
うな薄茶の目に覗き込まれ、安心するどころかさらに心臓が暴れ出す。
――……違う。裏切ってなんか、いない。
なにも弁解する必要などないはずなのに、奇妙な焦燥感に襲われた。なにか言わなくて
はいけない気がする。だが、なにを？
「静、大丈夫か？　顔色が悪いようだが……」

「……だ、大丈夫です。なんでもありません」

彼の言葉を遮り、その脇を通り抜けて店内へ入る。挙動不審になってしまっていることは判っていた。ヨアヒムがじっとこちらを見ているのも知っていたが、振り向かずに、カウンターの中へと逃げ込んだ。


「静、電話よ。保健所の方から、食品衛生責任者の方はご在宅でしょうか、って」

「え……あ、はい」

店を終え、自宅へ戻った静に、佐英が受話器を向けた。

自分に、いったいなんの連絡だろうか。あまりいい予感はせず、眉を寄せて通話を引き取った静に、担当者と名乗る男は『今日、窓口へ通報がありまして』と切り出した。

『そちらで食事をしたという方から、まあ、体調を崩したと』

「え……ほ、本当ですか？」

『ええ。ですのでこちらとしては、他に同じような訴えがないかどうか、生肉や期限切れの食材を使用していないかといった確認をしなくてはいけませんのでね』

静は電話越しに、まったく身に覚えがない、と返答した。

厳密な調査により確実にこの店で出した食事によって食中毒が起きた、と断定されない限り、行政指導は入らないという説明も受けたが、電話を切ったあとも正直なところ、気が気ではなかった。

事実にしろそうでないにしろ、そんな噂が広がれば、ただでさえ客足の鈍い店は少ない常連客すら失ってしまいそうだ。匿名《とくめい》での通報は信憑性《しんぴょうせい》に欠ける、いたずらの場合も多いと担当者は言っていたが、最終的にどういった判断が下るのか、判るまでは不安を抱えたまま過ごすことになりそうだ。

――うちは、妙なものは出してないはずだ。だけど、もし本当に、行政処分なんてことになったら。

「静、保健所の人、なんだって？」

「……うん」

心配顔の佐英に事情を話して聞かせると、彼女は「なにかの間違いでしょう」と言ってくれたが、不安は晴れなかった。

このところ店にとってよくないことばかり起きる、と沈んだ気分のまま翌日を迎え、カウンターの中で紅茶用のポットを磨きつつ俯いて考え込んでいた静に、ヨアヒムが声をかけてきた。

「八番さんに呼ばれたから行ってくる」

「……八番さん？」

今日も暇な店内には客は八番テーブルの一組だけで、たしか、中年女性の四人グループが座っていたはずだ。

「早く早く」

「座って座って」

彼女らはわざわざ隣のテーブルから椅子をひとつ寄せてきて、ヨアヒムにそこへ座るように指示している。その中の一人は近所に住む佐英の顔見知りで、数少ない常連客の一人だ。やけに着飾り、きゃっきゃと楽しげに見えた。たしか彼女は、佐英と同じく若手演歌歌手、及川《おいかわ》ひろしのファンだった。これから彼のコンサートにでも行くのか、と思うほどの浮かれようだ。

「こんにちはー」

「こんにちは、まあまあ、ほんとに王子さまみたいねえ！」

「よく来たな！　佐英の友人だな？」

「そうよお、ウフフ！　佐英さんがねえ、いまうちに王子さまがいるのよって自慢するもんだから、見に来たの！　静くんの恋人なんですって？」

「やるわねえ！」

——佐英さん、なんてことを。

扱っていたポットを取り落としそうになり、静は一人で冷や汗をかいた。とんでもない噂が広まっているようだ。

「ち、ちが……っ」

違います、と震える声で訂正を試みたが、彼女らは口々に「どこで知り合ったの」「静くん実はそうなんじゃないかって佐英さんも言ってたけど、当たってたわねえ」などとヨアヒムとの会話に夢中で、静の声などまったく聞こえている様子がない。

「わたしたちもよっくんて呼んでいい？」

「ああ……そうだな、静がいいと言えば」

なぜそこで自分に許可を求めるのかと目を剥いた静だったが、一斉にこちらを振り返った熟女四人のキラキラとした眼差しに動揺した挙句、

「こっ、恋人じゃないし、わざわざ俺の許可なんて取る必要、ありませんから！」

と大声で返してしまった。お客さまに対する言葉遣いじゃない、とすぐに我に返り、青ざめる静をよそに、彼女らはなぜか、さらに盛り上がった。

「やだもう！　照れちゃってえ」

「あれじゃないの、きちんと愛されてる自信があるから、誰がなんて呼ぼうが気にならないんじゃないの？」

「きゃー！」

「やだ！　もう！　ときめいちゃったじゃないの！」

ヒートアップする熟女たちに背中や肩を叩かれ、ヨアヒムはなにがおかしいのか「ははは」と笑っている。それを見ていると、なんだか少し腹が立った。

カウンターの陰に置いたものをなにげなく手に取り、ヨアヒムにも見えるようにちらちらと振ってみせる。それに気づいた彼は、静が手にしているものがなんなのか判ったようで、目に見えて顔を強張らせた。

──よし、まだ、効果あるな。

自宅からわざわざ持ち込んでいるのは、テレビのリモコンだ。ヨアヒムがあまりにも制御不能になるようなら、これで脅そうと思っていたのだった。

先日、いつまでも誤解を解こうとしない静の代わりに佐英が「あれはこのテレビ、っていう、離れたとこで起こっていることを映す道具のスイッチみたいなもので、あなたを消すような力はないわ」と説明をしていたのを知っているが、それを聞いてもまだ、恐怖は残っているらしい。

「…………」

小さく咳払いをして笑いを収めたヨアヒムの周囲では、まったくそのことに気づいていない集団が変わらずに会話を続けていた。

「いいわねえ、あと三十歳……いえせめて二十歳くらい若かったら、本気でアタックしたいくらいいい男だわあ」

「バカねえ、あんたなんか相手にされないわよ、男の子じゃないと」

「あらそうなの？　専門？」

話を振られ、まだ少しリモコンへの緊張を残した面持《おもも》ちのヨアヒムは「いや、専門というわけでは」と首を振る。

「あ、そうなんだー？」

「ああ。わたしの小鳥……つまり静に出会うまでは、女性と浮名《うきな》を流したこともある。もちろん、年上も好きだった。特にあなた方のように美しい人が」

「やだ！　美しい人なんて！　うまいわねえ」

「つまりあれね！　両刀《りょうとう》ね！　両刀の人、初めて見たわあ」

「及川くんだって両刀って噂じゃないの」

「あれは専門よ。両刀って言ってるだけ」

「ん？　及川くんとは何者だ？」

「演歌歌手よお！　カッコいいのよ、よっくんには負けるけど」

「歌手か。そういえば佐英がよく、ひろしのなんとか節とかいう歌を口ずさんでいるな」

「それよ、それそれ！」

そして彼女らは、頼んでもいないのに曲の一節《いっせつ》を歌い出した。

「おお、おまえたちもなかなかの歌い手だな」

「………」

——やれやれ。

静はため息をついて、リモコンを置く。熟女軍団の勢いに負けず会話するヨアヒムを見ていると、なぜあんな風に振る舞えるのか、不思議になる。悪い人たちではないのだが相当にかしましく、彼女らと話していると、為《な》す術《すべ》もなく濁流《だくりゅう》に押し流されるような感覚になることがあった。

そのせいでついつい引け腰になってしまうが、もし佐英や彼のように気後れせず話すことができれば、店の雰囲気はもっと明るくなるだろう。

——俺には、できそうもないけど。

呼ばれて自宅から出てきた佐英も加わり、彼女らは存分にヨアヒムとの会話を楽しんだあとで去っていった。

「またねえよっくん、また来るから！」

「ああ、待っているぞ。約束だ」

彼女らのためにドアを開けてやり、手を振って見送るというサービスまでしたあと、カウンターへ戻ってきたヨアヒムが笑う。

「どうした、そんな顔をして」

「……そんな顔って」

どんな顔をしていただろうかと気になったが、ここには鏡がない。自分の頬を撫でた静に、彼は「なんとも表現しがたいな」とまた笑う。

「ご婦人方は来週も来てくださるそうだ。今度は別の友人も連れてくると」

「……そうですか」

それはよかった、と渋々答えると、ヨアヒムはカウンターに両肘をついて静の目を覗き込み、まだなにか待っているような雰囲気だ。

首を傾げると、彼は上目使いのままで「褒めてくれないのか？」と言った。

リピーターを作り出してくれたことは、たしかにありがたい。それに静には到底真似できない、積極的に人を楽しませる接客だったこともたしかだ。同じように、ヨアヒムと話したくて店に来てくれる人は増えるかもしれない。

――でも。

「…………」

静は、なにも言わず作業に戻った。

誰かを褒めて喜ばれた経験なんて、自分にはない。だからどうやって褒めたらいいのかさっぱり判らなかったし、見当違いの言葉を選んでしまったら、と思うと怖い。それに、自分にできないことを目の前でさらりとやられてしまった悔しさもある。

子供っぽくて不公平な態度だという自覚はあったが、ヨアヒムはそれ以上、なにも言ってはこなかった。

「どうしたんですか、その服」

風呂から上ると、仏間で寛ぐヨアヒムは新しい服を着ていた。

「ああ、これか？　佐英が誂《あつら》えてきた。なかなか着心地がいいぞ、機能的だ」

どうやら昼のあいだに出かけていった佐英が、駅前にできた量販店でヨアヒムのためにシャツやらセーターやらパンツを買ってきたらしい。

サイズがあってよかったわあ、と嬉しげに眺めている様子を見て、静はさらに「佐英さん……！」と目じりを吊り上げる。

「だってこれすごく安いのよ、それなのにねえ、やっぱり元がいいからかしら、高級ブランドの服みたいじゃない？」

——だめだ、目がハートになりかけている。

そういえば佐英さんはちょっとミーハーなところがあるんだった、と思い出して静は下唇を噛んだ。若手演歌歌手に始まって、国内・国外問わずその時々で話題になったイケメン俳優を必ず好きになってしまうのだ。彼らがテレビに映ると決まって「ほら静、〇〇くんよ、カッコいいわねえ」「新しいＣＤが出るの」などと説明してくれるのだが、そのときと同じく、弾んだ声をしていた。

「似合うでしょ？」

佐英の言葉と共に、こちらを向いたヨアヒムも「似合うか？」と笑う。静はなんだか、どきりとしてしまった。

――たしかに、なにを着ても、絵になるけど。

自分にもここでさらりと「まあ、それなりに」などと返せる器用さがあれば、学生時代、一人くらいまともな友達ができていたのだろうかなどと、まったく関係のないことを考えてしまう。

だが彼女の言う通り、お世辞にも「若者向け」とはいえないような衣類でも、ヨアヒムが着るとなんだか少しだけ個性的なファッションに見え、悪くない。「随分と装飾の少ない簡素な衣類だが、まあ、動きやすいからいい」という失礼なコメントにも、佐英はにこにこと笑っていた。

「……そんな大した手伝いをしてるわけでもないのに、服なんて」

結局口にしたのはそんな台詞だったが、二人は気にもしていないようだ。

「一生懸命働いてくれたんだから、このくらい、いいじゃないの」

「今日は皿を割らなかったろう。それに、ご婦人方の接客もした」

しかしその代わり、彼は熟女たちが帰ったあとはまた無人となった店内に飽きたのだろう、少し目を離した隙に店の前の路上で剣の練習をしようとして、静を慌てさせた。

こう暇では身体がなまってしまう、と言うのが彼の主張だったが、静は「お願いだからやめてください」としか言えなかった。

「言葉遣いも全然、直らないし……」

「しかし、これ以外の話し方など学んだこともないのだ。長い目で見守っておくれ」

何事も焦って習得するのはよくないし、わたしはなかなかこの仕事には向いていると思うぞ、とヨアヒムは胸を張って言った。その自信はどこからくるのか不思議だが、彼が自分よりも客商売に向いているというのは一理ある。

客に対して「おまえたち」「よく来たな」「座るがいい」などという言葉遣いは相変わらずだが、王子という身分と、生まれ持つキャラクターのせいか、悪い印象を受ける者はいないらしい。しかし、それを認めるのはやはり、少し癪だった。いついなくなるのか判らないような男を頼りにしてはいけない、とも思う。

「そういえばおまえは以前も、わたしの言葉が尊大だ、と言って機嫌を損ねていたな。あれは……そう、いつも簡素な服装ばかりだったおまえに、わたしつきの仕立て係《そこ》を会わせて何着かプレゼントしようとしたときだ」

「は、はあ……？」

「おまえの肌や目、細い身体に似合う最高のものを、と求めるあまり、おまえがわたしの身長や体格に引け目を感じていたことに気づけなかった」

「ひ……引け目、って。余計なお世話ですよ」

どうやら彼の言うところの「前世」の話をしているようだが、その内容はいまの静にもあまり楽しいものではなかった。実際、成長期を迎えても平均より少し低めの自分の身長には密かにコンプレックスを抱えていたし、目の前のヨアヒムはいかにもそんな悩みとは無縁そうだ。

「しかしわたしは知っていたよ。図体《ずうたい》ばかり大きくても頭の中身が追いついていないのでは問題がありますけどね、というおまえの言葉の裏には、わたしを褒めてくれる気持ちもあったと」

「……そ、それの、どこが？」

「頭の中身さえ追いつけば、完璧ということではないか！　だからわたしは、おまえから勧められた書物を読み漁《あさ》った。知識をつければつけるほどわたしは完璧に近づき、おまえの理想の男にも近づく」

「……うわあ……」

――ポジティブにもほどがあるな。

理解できない、と思わず遠い目をした静に気づかず、ヨアヒムは延々《えんえん》と話を続ける。

「わたしは世継ぎとして、明るく寛大に、堂々と振る舞うよう言われて育った。しかし成長するにつれ、ああしろこうしろ、と周囲からの注文が増えて」

それはそうでしょうね、という皮肉を込めた相槌を、静はなんとか喉の奥へ押し込む。

「普段城にいるときも、城の外に出ても、一挙手一投足《いっきょしゅいっとうそく》に注目されている状態だったからな。おまえとただ静かに語り合ったり、書物を読んだりする時間が、どれほど心安らぐものだったか……」

「その話、もう聞きましたから」

「ん？　そうだったかな」

そうです、と静は頷き、話を元へ戻そうとした。

「前世の話はともかく……やっぱり、うちには手伝いなんて必要ありませんよ。職が欲しいなら、バイト先が探せるサイトを紹介します」

「サイト？」

首を傾げる彼に「あとでパソコンを教えます」と答えた。そんなものを見せたらまた魔法がどうのとうるさいだろうが、仕方がない。もはや電気だのインターネットだのという説明をするのも面倒だ。

「わたしはおまえを不快にさせているのだろうか」

「……それ、いままで自覚、なかったんですか?」

食事を終えたあと、普通はこんな風にいきなり同居が始まったりしないものです、と静は家に一台きりのパソコンを立ち上げながら言う。

「本当に絵の中から出てきたのならともかく……」

「本当に、絵の中から出てきたのだ。おまえも見ていただろう」

「……それは……」

「信じられないか」

そう尋ねられると、一部始終を目撃してしまっているだけに、返しづらい。

「そ、その話は……もういいです。とにかく、これを見ていてください。さっきここを押しましたよね? そうすると電源が入って、この画面になります」

「おお……なんだこれは! これも、テレビと同じようなものか? こんどはどこの景色が映っているのだ」

「景色じゃなくて、これは……写真ですよ。なんていうか……すごく精密な絵みたいなものです。それで、このサイトでは仕事を探せるんです。自分にできそうな業種とか、時給とか、地域を選んで、この検索っていうのを押して」

そうして表示された「ヒット五十件」、という文字を見つめ、飲み込みの早いヨアヒムが「なるほど、こうして労働者を募集しているのか」と頷いた。

「そうです」

「しかし、わたしは労働階級の人間ではない。だから、わざわざおまえのいない場所で働くことには意味がないぞ」

一日ぶりに飛び出した「労働階級」というあまりにも時代錯誤《さくご》な言葉に若干《じゃっかん》イラッときたものの、声は荒げず「じゃあ、どうやって生活していくつもりですか」と訊くと、ヨアヒムは当然のような顔で、「ここでおまえと」と答えた。

うちにはこの先ずっとあなたを養《やしな》うような余裕なんてないんですよ、と言う代わりにため息をついてみせた静に、彼は「心配するな」と頷く。

「店のことなら、わたしがなんとかする。だからわたしをおまえのそばへ置いてくれ」

「ど……」

どうやって、と思わず訊きそうになり、思いとどまる。どうせ具体的な計画など持ち合わせてはいないのだ。最悪、魔法でなんとかできると思っているのだろう。魔女の力で絵の中に入って、殺されてしまった小鳥の生まれ変わりを待っていた、などという与太話と同じだ。

律儀《りちぎ》につき合っていると、またヨアヒムのペースに巻き込まれてしまいそうだった。

悪い人間ではないのかもしれないが、彼を雇い、養えるだけの余裕が今後もあるとは、やはり思えないのだ。このままでは彼も困るだろう。その前に、職を探す方法くらいは教えておきたい。

沈黙した静の顔を覗き込み、「それより」とヨアヒムが言う。

「いい加減わたしのことはヨアヒムさんなどと他人行儀な呼び方ではなく、ヨアヒムと呼んでくれ。わたしを義兄上《あにうえ》と呼ぶのを嫌った、昔のおまえがそうしていたように、ただ名前だけを」

「……ヨアヒムさん」

「ヨアヒムだ……静」

「……あ……」

目を逸らさなくては、と思うのに、できない。

薄茶の虹彩の中に、金がきらめくのをまじまじと見つめてしまい、静は自分の心臓がどきりとするのを感じた。

――なんだ、これ。

「さあ、ヨアヒム、と」

「……ヨアヒム」

その目の力強さに負けて、「さん」をつけずに呼んでしまい、静は内心、ああしまった、と思った。流されている。

「そうだ、静。もう一度」

「よ……ア、ヒム……」

些細《ささい》なことでも、そういう線さえ守っておけば不用意に親しくならずに済むはずなのに、と後悔するが、もう遅い。このままではいけない、というもう一人の自分の声が聞こえる。

しかしそんな静の葛藤《かっとう》をよそに、ヨアヒムはひどく嬉しげに目を細めた。

「ああ。……おまえにそう呼ばれる瞬間を、夢に見ていたよ。絵の中で、何度も、何度も。眠っていたあいだのことはなにも覚えていないのに、そう願っていたことだけは判る」

「……う、嘘だ」

「嘘なものか」

そっと手を握られ、温《あたた》かさに胸が疼《うず》く。なんだろうこの感覚はと戸惑っているあいだに、すっかり彼のペースだ。

——な、なんかまずい、気がする。

「手……手を、離してください」

「いやだ」

弱々しく訴えたのを却下《きゃっか》され、きゅっと結んだ唇に、やわらかな感触が押し当たる。

なんだろうと不思議に思ってすぐに、キスをされているのだと気づいて身体が動いた。

がたん、と音を立てたのは、脇にあった座椅子に肘がぶつかったからだ。

「……い……っ！」

電流が走り、そこを押さえようとしたが、ヨアヒムの方が早かった。肘から二の腕、肩に腕が回されて、抱き寄せられる。

「暴れるな」

「誰のせ、で……んっ、んう?」

反論しようと口を開けた隙をついて、また唇が重なってきた。

さっきよりもずっと本気のキスだ。ぬるりと差し込まれた舌にどう反応していいか判らず硬直している静の背中を、手のひらがゆっくりと撫で上げ、うなじに触れた。産毛《うぶげ》を逆立てるようにされて、ぞく、と背筋が疼く。

「……っ、ん」

思わず鼻から声が漏れたその瞬間、縮こまっていたはずの舌先を吸い上げられ、軽いパニックを起こした。

なにをされているのか、どうすればいいのか、まるで判らない。

ただ一つだけ、目の前の男は意外に手が早いということは判る。キスに気を取られて混乱しているうちに、シャツの下へもぐりこんできた手に直接、背中を撫でられた。

こんな風に他人に身体を触られたのはもちろん初めてで、その未知の刺激に、ぞくぞくと鳥肌が立つ。ヨアヒムの手は、驚くほど温かく、そして優しかった。思わずそのまま溶けてしまいそうな錯覚に陥ってしまう。

「……っ、ん、ん……」

――どうしよう、だめだこんなの、でも、どうしたら？

ぐるぐると空回りする思考は、ようやく「そうだ、抵抗しなくては」と一つの答えをはじき出す。静はどこか覚束《おぼつか》ない両腕に力を篭め、どす、と叩くようにして、ヨアヒムの胸を押しやった。

「……やっ、やめ、やめてくださ」

「ん？　……ああ」

すまない、と我に返ったような声がまだ間近に聞こえ、肩がぶるりと震える。彼の目を正視できない。

「いきなり……こ、こんな、こんな……」

「すまなかった。その、怖がらせるつもりでは、なかったのだが」

「こ、こ、怖がって、なんか」

頬へ触れてこようとした手を、いつかと同じように叩き落とす。

「……触らないでください！」

「だが、震えている。……そういえば、わたしが初めてキスをしたときも、そうだったな。こんなことは許されない、と言って」

そう言われ、視線を逸らしたまま、ゆるゆると首を振った。頭の中が混乱していて、どう答えたらいいのか判らない。そもそも、彼が口にする「前世のこと」など、なにも覚えていないのだ。腹が立っているような気もした。

「な……何度も、言ってるじゃないですか。俺はそんなこと、知りません」

ヨアヒムの手から逃れて立ち上がった静は、パソコンの置いてある部屋から出て階段を駆け上がり、自室へと逃げ戻った。


翌日、静は朝から、ヨアヒムを徹底的に避けた。

朝食中、二人のあいだに降りる沈黙に、佐英は当然気づいているようだったが、なにも突っ込んではこなかった。

ヨアヒム自身は多少気を遣っているようで、相変わらず朝になるとやってくる雀たちと戯《たわむ》れながら「ほら静、彼らもおはようと挨拶しているぞ」などと話しかけてきたがそれを無視し、「静」と肩を叩かれそうになってさっとそれを避けた。

「触らないでください、って言いましたよね？　俺」

「やれやれ、まるで全身の棘《とげ》を立てたハリネズミだ」

なにがやれやれだ、なにがハリネズミだと頑《かたく》なに視線を逸らし続けていると、ヨアヒムが髪をかき上げ、苦笑する気配があった。

「それでもおまえは愛らしいけれども」

「…………」

——無視だ、無視。

緊迫した空気の中で店を開け、客を待つあいだは黙々とカウンター内の掃除や整頓《せいとん》をする。こんなときは忙しければ気も紛《まぎ》れるのだろうが、結局一人の来客もないまま午後になり、そろそろ昼休憩の時間かという頃になると、ヨアヒムがおもむろに話しかけてきた。

「小鳥よ、まだ怒っているのか？」

「まだって！　だって……」

あんなの、と文句をつけようとした静の目の前に差し出されたのは、先日とはまた違った花だった。どこから摘んできたのか、細く白い花びらが可憐な野菊だ。

「……こんなの、どこから？」

「昨夜、驚かせてしまったからな。謝罪の気持ちだ。どうか機嫌を直しておくれ」

「…………」

黙ってそれを受け取り、黄色いめしべを覗き込む。明るい色彩が目の中へ飛び込んできて、不本意ながら昨夜から胸の中に渦巻いていた苛立ちや戸惑いが、ほんの少しだけ軽くなったように感じた。

花なんて、こんなもので喜ぶと思ってるんですか。僕は男ですよと文句を言いたい気持ちもあったが、口には出さなかった。こんな風に誰かに機嫌を取られたのは初めてで、ほんの少し、嬉しいと思ってしまっている自分がいる。

——なんだろう。なんか前にも、こんなことがあったような。

「お、俺は……」

前世だの昔だの言われても判らないし、だいたいあんなの、誰かとキスするなんて初めてで、と小声でぼそぼそ訴えると、ヨアヒムはその金茶の目を見開いた。

「初めて?」

「……そ、そうです。悪いんですか?」

「いや、それは……すまない」

謝ってきたものの、彼はそわそわと「そうか、初めてだったのか」などと呟いている。

「わたしはその、てっきり」

「てっきり?　てっきり、なんですか?」

思わず詰め寄るような口調で問えば、「いや……」と彼にしては珍しく言葉を濁した。

「あの……笹神という男、と、その」

意外な名前が持ち出され、静は眉を寄せた。彼がなんだと言うのだろうか。

「つまり……過去に、そういう関係だったのかと思ったのだ。だからあの者が、いまでも未練がましく言い寄ってきているのかと」

「な……そ、そんなわけないでしょう！　ただの同級生と、どうしてそんな！」

「しかしおまえは……かつて、どうにか口説《くど》こうとするわたしに言ったことがある。隣国で暮らしていた頃の学友にも同じように関係を迫られたことがある、と。だから、そういうことなのかと思ったのだが」

「なっ、ち……違います。笹神は、なんていうか……ちょっとややこしくて。迫られてはないです、そういう意味では」

「そういう意味では？」

ヨアヒムが首を傾げたので、静は観念して説明することにした。

「学生のときに、少しだけ交流があったんです。でも、彼はここの土地の持ち主の息子でもあるし、性格も、なんていうか、支配的な感じがあって……すぐに疎遠《そえん》になったんですけど。でも最近、どうしてか妙に向こうから、近づいてきて」

「ああ、そうだったのか。よかった」

あからさまにホッとした様子のヨアヒムは、「よかった」ともう一度繰り返す。

「……まあとにかく、突然、すまなかった。おまえを見ていたら、どうしてもキスしたくなってしまってな」

そこまで慣れていないとは思わなかったのだ、とヨアヒムは苦笑して、静の髪を撫でた。

どさくさまぎれのその手をぱちん、と律儀に叩き落としながら、静は「一緒にしないでください」と呟いた。

「ん？」

「小鳥とかいうあなたの大事な人と、俺は……別人です。何度も、言ってるでしょう」

「……そうか」

たしかにそうだな、と答えたヨアヒムの声がどこか寂しげだったことに、あえて気づかない振りをした。


熟女軍団の情報拡散能力は大したもので、数日が経過すると、ヨアヒムのことを聞きつけた客が店を訪れるようになった。

「そなたら、今日も謁見《えっけん》、ご苦労！」

おかしな発言も頻繁《ひんぱん》に飛び出すものの、基本的には明るく誠実な受け答えをするヨアヒムは瞬く間に人気者となり、いまではウェイター見習いというより、指名を受けてテーブルへ赴き、興味津々《しんしん》の客たちと会話を交わすというのが主な仕事だ。

「腹は減っていないか？　うちは軽食の味もなかなかだぞ、これが品書きだ」

「えー、じゃあ、このミックスサンド」

「わたしはピラフ」

「静！　ミックスサンドとピラフをくれ」

「……ヨアヒム」

うちはホストクラブじゃないんですからそういう勧め方は、とその行動を諫《いさ》めようとした静は、逆に佐英に止められてしまった。

「いいじゃないの。みんな楽しそうだし、向いてるわよ、よっくん」

彼女はいま、急に客が増えたせいでてんてこ舞いな静のためにカウンターに入り、調理の手伝いをしてくれている。杖を突きつつではあるが、コンロの前に椅子を持ち込んで休憩しつつ、楽しげに働いていた。

「あれもすごーく似合ってる。身長があるしねえ」

ヨアヒムの腰に巻かれたギャルソン・エプロンは、佐英が夜更かしをしてせっせと作ったものだ。深緑の布を選んだ彼女曰《いわ》く、「黒じゃありきたりだから、あの絵の森みたいな色にしようと思って」だそうで、なぜか静の分は普通の肩掛けエプロンだった。この差はいったい、という疑問は残るものの、白いシャツにそのエプロンを巻いたヨアヒムが店内を歩くと、座っている女性客の目は百パーセント、ハート型になる。

——まあ、悔しいけど、似合ってるよな。身長があるし……顔もああだし。

ヨアヒム本人には絶対に言えない台詞だが、静でさえそう思うのだから、女性などいちころだろう。

——俺、あの人に、キスされたんだよな。

「………………」

思い出してしまい、じわ、と顔が熱くなる。佐英は気づかぬ様子で続けた。

「あなたのおじいちゃんもね、そんなに勤勉な人じゃなかったけど、毎日店に来るお客さんと話して笑って、とにかくカッコよくて明るくって、人気者だったわ。ふふ。本当によく似てる」

祖父とヨアヒムが似ているかどうかはともかく、佐英がこうまで楽しげにしているのを見せられると、「早く出ていって貰いましょう」とは言いづらい。

参ったなあ、困ったなあと熱くなった頬に手を当てていると、「そういえば」と佐英が少しだけ声をひそめた。

「保健所の方からは、まだなんの連絡もない？」

「うん。……まだ、調査中なのかもしれないね」

「そう……」

やはり、彼女もずっと気になっているようだ。

「ねえ静、その件とは違うんだけど、昨夜妙な物音がしなかった？」

「え……？」

どういうこと、と問い返すと、彼女は「もしかしたら、夢だったのかもしれないんだけどねえ」と言う。

「最初はよっくんがいびきをかいてるのかなって思ったんだけど、違うみたいだったの。なんか、動物の、唸り声ってわけじゃなくて、ちょっとこう、荒い鼻息っていうか……」

「……俺は聞こえなかったけど」

二階にいる静には聞こえなくとも、一階で寝ていた佐英に聞こえたのなら、夜中、家の周囲に野良犬かなにかが入り込んでいたのかもしれない。あとで足跡がないかどうかたしかめてみるよ、と答えると、佐英は不安げに頷いた。

その日、ランチタイムが過ぎた頃になって、笹神がふらりと姿を見せた。

カランコロンというドアベルの音に「いらっしゃいませ」と顔を上げ、静は途中で言葉を止める。

「……笹神」

「おい、そんな顔しなくてもいいだろ。客だぜ？　俺」

佐英は自宅へ戻り、ヨアヒムはまだ熟女三人の接客中だ。笹神の姿に気づいてちらりとこちらへ視線を寄越したが、静は小さく首を振り、「大丈夫だから」という意思表示をした。

静の目の前、カウンター席へ腰を下した笹神は、どこか様子がおかしかった。視点が定まらないというのだろうか。

いつもワックスかなにかできっちりとセットされていた髪も、乱れているように見える。

「笹神、大学は……」

大丈夫なのかと尋ねようとした静の声を遮り、彼は不安定な大声を出した。

「ああ？　はは、あのさあ、大学ったって、毎日毎日、きっちり朝から晩まで講義があるわけじゃねえから！　まあ、高卒のおまえには判らないかもしれないけど」

「そう、それなら、いいけど……」

隣に座っていた常連客が横目で笹神を見やり、代金を置いて立ち上がる。

「じゃあ、そろそろ帰るわ。佐英さんによろしく」

「あ、はい。ありがとうございました」

「なんだよ、もう帰るのかよ」

「……笹神」

ゆっくりしていけよと絡みかける笹神の名前をたしなめるように呼んで、静は振り向いた常連客に「すみません」と頭を下げた。

「なにがすみませんだよ、裏切り者のくせに」

偉そうに、と吐き捨てられた言葉にどきりとする。さっきに比べれば大声ではないものの、静の耳にははっきりと聞こえる程度の音量だ。ひょっとしたら、会計をしているテーブル席の客にも聞こえていたかもしれない。

「あ……」

反論しようとしたが、咄嗟には口が回らず、上手い言葉も思いつかない。顔が強張るのが自分でも判り、静はますます焦った。冷たい汗が吹き出して、喉が詰まる。

――裏切ってなんかいない。俺は、誰も裏切ってなんか。

「…………っ、」

「なあ、おい。なんとか言えよ、御園。俺がもう来なくなるとか思ってた？　散々世話になっといてよお、おまえみたいな恩知らず見たことねえよ」

黙ったままの静の顔を見てニヤニヤと笑いながら、笹神は目の前に置かれたグラスの縁に指をかけた。かたん、と音を立てて小さなグラスが横倒しになり、水が広がる。さほどの量ではないとはいえ、カウンターから床へもぱたぱたと滴る音がした。

「！」

「おっと。あー、零《こぼ》れちゃったよ。拭いてくんない？」

「……笹神、」

いい加減にしてくれと言いかけたとき、笹神の背後にヨアヒムが立った。

「なんだおまえ、また来たのか。実に懲りない男だな」

静の仕事を増やしてくれるな、と言う彼が対応していた客はいつのまにか帰り、店内に残っているのは笹神だけだ。彼が会話へ入ってきてくれたことにホッとしながら、「はい」とタオルを差し出す。

笹神はうんざりした口調で「またこの外人かよ」と言った。

「バイトでもないのになんでいるんだよ」

「バイトではないが、これがいまのわたしの毎日の仕事だからな。それに、住む場所や衣類を与えて貰っている恩もある」

「住む場所って？　え、なに、おまえ、まさかこいつと一緒に住んでんの？」

質問は静に向けられたものだったが、どう答えるべきかと迷っているうちに、ヨアヒムが「そうだ」と返事をしてしまった。

それを聞き、笹神は「おいおい」とまた大きな声を出した。

「誰に許可とってそういうことしてんだよ」

「きょ、許可……？」

土地を借りているだけで、自宅そのものは祖父が建てたものだ。

誰かを居候《いそうろう》させることに関して地主に許可を取らなくてはいけない、などという話は聞いたことがない。

当惑し、どこからどう反論したらいいかも判らないでいる静に、笹神は「こんな店潰すくらい、いくらでも方法はあるんだからな」と言った。

「土地の件だけじゃない。喫茶店なんて、評判が命だろ？　保健所なんて入ったら、まずいよなあ？　ただでさえこんな、繁盛《はんじょう》してない店」

「…………っ、」

彼の言葉を理解して、静は愕然とした。

保健所。まさか、匿名で苦情の電話をかけたというのは――……。

「笹神、まさか」

「なにが？　なにがだよ？　えっ、おまえこそまさかだろ。友達と、友達の店が本当に大丈夫なのかって、心配してやってるだけだろ、俺は」

面白がるような声音《こわね》とその表情に、確信を得る。これはれっきとした脅迫だし、一歩間違えればストーカー行為とも思えるいやがらせだ。しかし、証拠がない。悔しさに唇を噛んだ静を見て、笹神はなおも続けた。

「ここんちでコーヒー飲んで帰ると、なんかいっつも体調悪くてさあ。これはあくまで事実に基《もと》づいた行動であって、いやがらせとは違うよなあ？　そうだろ？」

「聞き捨てならないな」

不穏な空気を感じ取ったのか、ヨアヒムが口を挟んできた。

「わたしの小鳥にいやがらせをするなど、許されない行為だぞ」

「はあ？　なんだよ、小鳥って」

笹神は引き攣《ひ》《つ》った顔でけたたましく笑った。

「バカじゃねえ？　頭おかしいだろこいつ。おまえさあ、いくらなんでも相手は選べよ」

「笹神」

自分のことはいくら言われても構わないが、ヨアヒムを罵倒《ばとう》されるのはいやだ、とそのとき静は気づいた。最初は自分も彼のことを頭がおかしいと思っていたはずなのに、毎日、失敗しつつも店を盛り上げようとしてくれているヨアヒムの姿を見ていると、とてもそんな風に罵倒する気にはなれなかった。

「おまえ、自分の意見とか主体性ってやつがないんだよな。俺のときもそうだ、命令してくれる男なら、誰でもいいんだろ？　そういうの、なんて言うか知ってるか？」

奴隷根性《どれいこんじょう》って言うんだよ、と侮蔑の言葉を吐き出した笹神の肩を、それまで呆れを含んだ顔で眺めていたヨアヒムが掴む。

「おまえ、いい加減にしろ」

「よ、ヨアヒム」

「お？」

なんだこいつ、客に手を挙げんのか、と身体をびくつかせながらも挑発した笹神に、なぜかヨアヒムがにやり、と笑った。

「わたしが怖いのか？」

「そ、んな、わけ」

「はは、まあいい。だが、人の恋路を邪魔するものがどうなるか、教えてやろう。……白雪！　そろそろ出番だぞ！　五百年の長き眠りから覚めよ！」

「…………っ⁉」

そのとき、店の裏手、自宅の方向から雄叫《おたけ》びのような、あるいは動物がいななくような声が聞こえた。

続いてきゃーっ、と佐英の悲鳴が。

なんだ、と視線を巡らせたそのとき、どんっ、という音がして、勝手口のドアがみしみしと軋む。なにか、巨大な生き物がいるようだ。

「な……っ、なに」

「……白雪！」

ヨアヒムの嬉しげな声に応えるように、ヒヒーン、と馬に似た鳴き声が響き渡る。

謎の生き物はふたたびどんっ、どんっ、と勝手口に衝撃を与え、三度目で周囲の壁ごと、ドアをぶち破ってきた。

「あああああ」

——か……壁が。ドアが。それに、う、う、馬⁉

向こう側から現れたのは、真っ白な毛並みが神々《こうごう》しい白馬だ。

すらりと長い脚、長い首、ふさふさとした尻尾。胴体には豪奢な馬具が載せられ、頭の高さは二メートル以上だろうか、店の天井すれすれの位置にある。口には、例の額縁と一緒に仏壇に立てかけてあった剣を咥えていた。

「よく目覚めたな、白雪！　やはりおまえだったか。いい子だ、あとで褒美《ほうび》をやろう」

「ちょ……っ、ちょっと、ヨアヒム、なにを、このう、馬は……!?」

「昨夜、絵の中からこいつの鼻息が聞こえたのだ。だから、そろそろ出てくるのではないかと思ってな。おそらくわたしのあとで絵の中へ閉じ込められたので、時間差が生《しょう》じてしまったのだろう。ははっ、」

それにしてもおまえの顔ときたら、とヨアヒムは、驚いて声も出ない様子の笹神を見て笑った。座ったままだった椅子から、いまにもずり落ちそうだ。

「肝《きも》が潰れたか？　そんなていたらくで人を脅そうなどと、百年早いぞ。人の恋路を邪魔する者は、馬に蹴り殺されても文句は言えまい」

ぶん、と首を振った白雪から剣を受け取り、慣れた動作ですらり、とそれを抜く。あまりにもなめらかな動きに、静が止める余裕もなかった。

「……ヨアヒム……！」

まさか、と目を疑ったが、彼は剣の切っ先を、笹神の喉元にぴたりと当てた。笹神は声も出ない様子で、脂汗《あぶらあせ》を流している。

「動かぬ方がいいぞ」

「……っ、……っ」

ヨアヒムは笑っており、声も低く穏やかだったが、普段静と話しているときのような温かさはどこにもない。金色の部分が増えたように見える瞳には感情が窺えず、どことなく、なにをするか判らない危《あや》うさがあった。

――それに、い……威圧《いあつ》感が、すごい。

ヨアヒムから発せられた空気が、重力よりも強く笹神の上にのしかかっているのが見えるようだ。どこにそんな気配を隠していたのかと思ってしまうほど、彼は一人でこの場の空気を支配していた。

その口調も目つきも、生まれながら人の上に立つ、王族そのものだ。

「おまえの認識は甚《はなは》だしく誤っている。静は静一人の足で立ち、この国で立派に生きている尊敬すべき男だ。今後、奴隷根性などという下品な言葉で静を侮辱したり、脅したりすることは許さない。わたしに無断で気安く近づくこともだ。……言っておくが、これは提案ではないぞ。命令だ」

判ったな、とほんの少しだけ切っ先を離され、笹神はこくこくと何度も頷いた。

「よし、行け。二度とこの店に姿を見せるなよ」

ヨアヒムが剣を収めた途端、その威圧感から逃げ出すようにして笹神があとずさる。

「……っ、……っ！」

額は汗に濡れ、両目は極度の緊張で見開かれている。わなわなと震える唇は結局なにも言わず、そのまま乱暴に店のドアを開け、走り出ていった。

「はは、口ほどにもない」

みじめな後ろ姿を見送って、ヨアヒムが笑う。それに同意するように、ぶるるる、と白雪が鼻息で応えた。

「あ……」

静は彼らのようにすぐには笑えなかったが、やがてじわじわと込み上げてくるものが嬉しさだと気づいて戸惑った。誰かがこんな風に、自分のために怒ってくれたのは初めてだ。尊敬すべき男などと言われたのも、もちろん初めてだった。びっくりするほど嬉しくなってしまい、それと同時に感動で涙が滲みそうになり、慌てて俯く。

――どうしよう、う、嬉しい。……嬉しいって、こういうことか。自分のことを好きな誰かが味方をしてくれるって、こんなに嬉しいものなのか。

必死で眉間や口もとを固定しているせいで、表情筋が引き攣ってくる。困った。

「静？　どうした？」

「な……なんでも、なんでもありません……！」

いますごく変な顔をしてる気がする、と静は思わず俯いた。

出現した馬は、とりあえず店の隣にある空き地に繋がれた。本当は勝手にこんなことをしてはいけないのだろうが、他に場所がない。足元にはバケツ一杯の飼料とにんじんが置かれ、彼女はそれを嬉しげに食《は》んでいた。

「なるほど、夜中の妙な音は、この子だったのね。わたし、白いお馬さんなんて初めて見たわ。綺麗《きれい》ねえ」

「そうだろう。この毛並みの美しさは、国中探しても白雪くらいだったからな。それだけでなく、こいつは足も速いし、それにとても賢いのだ」

特にわたしが望んでいることを察してくれる、と言うヨアヒムに、佐英は「すごいわねえ」と言う。

「でもその代わり、うちの玄関と、お店の勝手口はこうなっちゃったけどね」

彼女が言うには、大きな音が聞こえて仏間の中が光ったあと、どうやって現れたのか判らないが、馬が玄関の戸を破って出ていった、らしい。幸いにして家の中のものの損傷はなかったが、引き戸二枚と勝手口のドアと壁は、早急に修理しなくてはならないだろう。

「それは、すまなかった。わたしが直す」

「だけど、大工仕事なんて、したことないでしょう？」

「う……まあ、そうだが」

必要な道具さえ揃えて貰えれば、わたしだって一端《いっぱし》の男だ、なんとかしてみようというヨアヒムに、佐英は「無理しなくてもいいのよ」と答えた。

「しかし……」

彼の眉が下がったのを見て、胸がちくりと痛む。予想だにしないやり方ではあったものの、そもそも彼は静のためを思って笹神を撃退してくれたのだし、実際のところ、修繕のあてもあるのだ。

「あの……ヨアヒム、実は佐英さんの知り合いに、左官仕事もできる大工さんがいるんです。ただってわけにはいかないけど、なるべく安くして貰えるはずだから。だから、大丈夫ですよ。ね、佐英さん」

「ええ。さっき電話したら、明日か明後日には来てくれるって」

「……そうか」

役に立てずすまない、と肩を落としたヨアヒムに、佐英は「やあねえ、ちょっと意地悪言ってみただけよ、ごめんね」と笑う。それを見て、静も慌てて言葉を探した。

「佐英さん、そんな、意地悪なんて。ヨアヒム、その、今日は本当に助かりました。ありがとうございます。それに……あのとき、ちょっとカッコよかったです。とても……なんていうか、お、男らしい、というか」

　本当はそんな言葉以上に嬉しかったのだが、それを素直に口にするにはまだ少し、勇気が足りなかった。しかし、ヨアヒムはぱっと顔を輝かせる。

「……静……！」

「ほ、ほんのちょっと、ですけど」

「あらあ、すごく、でしょ？　素直じゃないんだから」

「そ……っ、そんなこと」

　白雪の首を撫でながら、佐英が茶々を入れる。「照れてる、照れてる」と笑う彼女の声に呼応したのか、白雪も踊るように足を動かしていて、やけに楽しげだ。それを見て、静は思わず苦笑してしまった。

「もう……やめてよ」

「静……」

　ヨアヒムの声に顔を上げると、彼は困ったような表情でこちらを見ていた。

「なんですか」

「あ……いや」

　笑ったな、と彼は言う。

「ようやく、笑ってくれた」

「え……普段だって、別に」

笑ってたと思いますけどと眉をひそめたが、思い返してみる限り、そういえばヨアヒムがやってきてから、彼の前でさっきのように笑ったことはなかったかもしれない。店に来る客にはなんとか微笑んでみせることもあったものの、それは彼の言う「笑った」とは違うのだろう。

「白雪、見たか？　どうだ、静が笑ったぞ」

ひひひん、と馬も答える。

「そ……そんなに、嬉しいんですか。俺が笑う程度のことが？」

「あたりまえだろう！」

そう言うヨアヒムの方こそ、気恥ずかしくなってしまうほどに満面の、大輪の花のような笑顔だった。

「愛する者の笑顔以上に幸福を感じられるものなど、この世にはない」

あまりにもストレートな説明に、思わず背中がむずむず痒くなる。

「…………っ、」

――そうか。この人、俺が笑うと、嬉しいのか。

自分がヨアヒムの行動で嬉しくなってしまったように、彼もまた静の行動で嬉しくなるのだと思うと、急に胸の中が温かくなった。同時に切ないような感覚もあって、心臓のあたりが締めつけられる。こんな気持ちは初めてのはずなのに、なんだか懐かしい。

いつか、同じように自分の笑顔を見たヨアヒムが喜び、同じような台詞を言ったような気がした。

――あれは、いつのことだっただろうか。

「さあさあ、じゃあお店の中を片づけましょう。この状態じゃ、勝手口が直るまでは二、三日、お休みね」

「……ええ」

「手伝おう。白雪、またあとでな」

ぽんぽん、と首を撫でられた白雪は、「了解」とでも言うかのように、ぶるるん、と鼻を鳴らした。

例の通報の件で、保健所の担当者から連絡があったのはその翌日だ。勝手口と玄関の周囲はほぼ片づけ終わっていたが、この際だから、とヨアヒムと共に店内の大清掃をしていた静が受話器を取った。

『あれから、同じような匿名の通報が五件ありまして』

という説明に、目を剥く。

ヨアヒム目当ての熟女軍団を除けば、両手にあまるほどの客しか来ていないここ数日の状態からして、その件数は異常だ。

担当者もそれを判っていたようで、誰一人として名乗らない、おそらく公衆電話など個人の特定の難しい番号から、という共通点を挙げ、店に対するいやがらせなどの可能性もあることを考慮し、今回は臨時の立ち入り検査などはせず様子を見ることにした、と告げてきた。

「……よかった」

とりあえずは胸を撫で下ろしたものの、いやがらせをしていたのが笹神だと知っている以上、そう簡単に安堵《あんど》してもいられなかった。匿名での通報が意味をなさなかったと知れば、いやがらせ行為がエスカレートする可能性もある。

つくづく面倒な相手に目をつけられたな、と静は憂鬱《ゆううつ》な気持ちで受話器を置いた。

ヨアヒムによる脅しの効果がきちんと継続し、もう二度と自分や、店に近づかないでいてくれればいいのだが。

ため息をついていると、ヨアヒムが「天気もいいことだし、掃除が一段落したら、気晴らしに、白雪に乗ってどこかへ出かけよう」と誘ってきた。

「え……いまからですか？」

「ああ」

たしかに今日はこの掃除以外に予定はない、出かけても問題はないが、唐突な誘いに静は戸惑う。しかし、気晴らし、という言葉には魅力があった。

「あ、でも馬って、公道を走っていいんでしたっけ……？」

「む、そうか」

自宅へ戻ってパソコンの電源を入れ、検索してみたところ、「馬は自転車やリヤカーと同じく軽車両扱いなので免許や登録などは必要なく、車道の左端を通ればよい」という情報を発見した。

「は、走れるんだ……知らなかった」

「よかった、これで遠出ができるな」

「…………」

馬は白雪一頭しかいないので必然的に二人乗りな上、静はもちろん乗馬などしたことがないので少し怖かったが、乗ってみたい、という好奇心が勝った。それになにより、ヨアヒムとなら大丈夫かもしれない、と思えた。

「あ、あんまり、スピードを出さないでくれる、なら」

「はは、大丈夫だ静、心配しなくともおまえを落としたりしない。おいで」

先に馬上の人となったヨアヒムに手を差し出され、引っ張り上げられる。

「わ……わ……」

当たり前のことだがいつもより視点が高く、また馬具の上からでも「生き物に乗っている」という鮮明な感覚があって、静は思わず声を上げた。

興奮と怯えが伝わったのか、白雪がちらりとこちらを振り返り、ぶるる、と宥めるような息を吐く。

「白雪は初めて会ったときから、小鳥をことの外、気に入っていたからな！　おまえを乗せることができて嬉しそうだ」

「そ……そう、なん、ですか」

よろしく頼むね、という気持ちでその首をぽんと撫でると、また鼻息が応えてくれた。

行くぞ、と手綱《たづな》を操るヨアヒムの動作に従って、白雪が歩き出す。かぽかぽと平和な音が聞こえ、そのたびに身体が揺れた。

「わ……わあ……」

いつも歩いて通る道が、まったく別の場所のように見える。

コンクリート塀の向こう側、人様の自宅の庭まで見通してしまえる高さから見る風景は、とても新鮮だ。やがて坂口酒店の前を通りかかると、ちょうど店から出てきた坂口に出くわした。

「……うわっ！　う、馬⁉」

「お、おはようございます」

「うわー、こりゃ驚いた！　本物の馬じゃないか！　よっくん、こんなのどこから連れてきたの！」

俺も乗せてくれよ、と顔を輝かせる彼に「また次回」と答えたヨアヒムが笑う。

「見たか？　あの顔。目玉が零れ落ちそうになっていたな」

「普通、この街で暮らしてて本物の馬なんて、競馬にでも行かない限り、見ませんからね。ましてやこんな、間近でなんて……」

「そうか。それは驚くだろうな」

話しながら、自分たちの密着具合に気づく。彼は後ろから静の身体を抱え込むような体勢で手綱を握っているため、背中側はとても温かい。もちろん彼が笑えば首筋に吐息がかかり、静はいまさらどぎまぎとした。

「それで、どこへ行く？」

「あ……えっと、そうだな、うーん…じゃあ、河川敷《かせんじき》はどうでしょう」

「河川敷？」

あそこなら車もいないし、川沿いにサイクリング用の舗道《ほどう》があるのでと答え、道案内をする。川べりに出ると吹きつける風がさらに冷たくなったが、乗り慣れない馬の揺れと背後からのヨアヒムの体温、そして次第に早くなっていくスピードに気を取られ、寒いとは感じなかった。

「はっ、はし、走らないでくださいって！　言った！　のに！」

「ははは っ」

すまない、しかし白雪が嬉しそうだから止めるのは不憫《ふびん》だ、と、風の中でヨアヒムが答える。言われてみればたしかにそうだ。彼女もヨアヒムと同じく、五百年あまり絵の中に閉じ込められていたわけだから、こうして風を切って走るのは久しぶりだろう。

「鞍に掴まっていろ」

「えっ、え……？」

そんなことを考えていると、白雪が突然舗道を逸れ、草むらを走り出した。さっきよりもさらに激しく揺らされながら「な、なんですか！」と尋ねれば、二百メートルほど先から自転車に乗った子供たちがやってくるのが見えた。

「四人……いや、五人か」

どうやら、彼らを避けるつもりらしい。

白雪はむしろ遊歩道より草むらの方が好なようで、生き生きと草の中を駆けていくが、彼らとすれ違う瞬間、「えーっ！」「うわーっ!?」という悲鳴や歓声が聞こえた。

風のように過ぎ去っていく横目の視界に、彼らが揃って目と口を真ん丸に開けているのが見える。

「すげえ！　馬だ！」

「乗せて！」

あっという間に遠ざかり、遥か後方から聞こえてくる声に、ヨアヒムが手を振る。鞍と白雪の首筋とにしがみついているだけの静とは違い、余裕たっぷりの動作だ。ずっと緊張していたせいだろうか、あまりの差がだんだんと面白くなってきて、気がつけば静は笑顔を浮かべていた。

「は、は……っ」

――なんだ、これ。怖いけど、でも、楽しい。

「…………っ」

それに、見慣れているはずの河川敷が、なんだかとても広く、壮大な場所のように思えた。このまま、どこまでも駆けていける気がする。

ヨアヒムは五キロほど走ったところで橋を渡り、今度は反対側の川べりを走ったあと、人のいない場所を見つけて、馬を足止めした。

「少し休憩しよう。降りられるか？」

「お、お願いします……わっ、と」

先に降り立ったヨアヒムに抱えられるようにして地面へ降ろされる。すぐには平衡《へいこう》感覚が戻らずよろけてしまったが、さりげなく腰を抱かれ、転ばずに済んだ。

「大丈夫か？　ああ、身体も冷たくなってしまったな」

「……でも、寒くないです」

「そうか」

頬に手を当てられ、頷く。

「はい……あの、すごく楽しかったです」

「そうだろう！」

「まだ、ドキドキしてる……自転車とか、車で走るのとは全然違って、なんていうか……自分が風になったみたいで」

いつのまにか白雪の蹄《ひづめ》の音と同じリズムになっていた心臓は、まだドキドキと脈打っていた。心なしか、身体も軽くなったようだ。

「座ろう。おいで」

乾いた草の上に並んで座り、川面《かわも》を眺める。向こう岸には長年住み慣れた街が広がっているが、こんな風にゆっくりと眺めるのは初めてで、晴れやかな気分だった。視界が急に広がった気さえする。

――こんな気持ちに、なれるんだな。

「昔から……なにも考えたくないときや、腹が立ったときなどは、白雪に頼んで、ひたすら走ったものだ。城に戻る頃にはすっきりと霧が晴れたようになっている」

ヨアヒムの言葉を聞いた静は、少し驚いて彼の顔を見た。

「あなたにも、そんなときがあるんですか？　なにも考えたくないなんて」

常に前向き、幸せなことしか視界に入らないタイプかと、思えばかなり失礼なイメージを抱いていたのだが。

「もちろんだとも！　いや、あったと言うのが正しいかもしれないな。王子でさえなければ、東の草原や砂漠にいるという遊牧民になりたいと願っていた時期もある」

「……遊牧民」

たしかに一国を継ぐ王子ともなれば、悩みは静のような庶民には判らないようなことだらけなのかもしれない。

——鳥はとても可愛いだろう？　それに自由だ。我々よりもずっと。

ふと頭の中に浮かんだヨアヒムの台詞を、そのまま口に出す。

「自由さが……羨ましいとか？　たしかあなたは以前、鳥のことも同じように言ってましたよね？」

「そうだな」

そう思っていた、とヨアヒムは少しだけ目を細め、懐かしむように呟いた。

しかし静は、僅かな違和感を覚えて首を傾げた。地上を歩く動物よりも、いかにも自由でいいと言われたのは、初めてヨアヒムが家へ来た次の朝だったはずだ。肩に雀を乗せていた。しかしさきほど脳裏に蘇ったのは、別のときに聞いた台詞だった気がする。

──別のとき。でも二人きりで出かけたことなんて、今日以外にない、よな？

どこまでも広がる森の広さ、二人の上に降り注ぐ木漏《こも》れ日。そうだ、「あのとき」も同じように、自分は戸惑いながら白雪の背に跨《また》がり、そしていつの間にか彼女の足の速さに引き込まれ、いつのまにか笑顔を浮かべていた。背後で手綱を握る男となら、どこまでもいける気がして──……。

──あのときって、いつだ？

「ん？　どうした、静？」

「あ、いえ……」

フラッシュバックのようなワンシーンが閃《ひらめ》いて、そしてすぐに消えてしまう。短い白昼夢でも見たような気分で、静は首を振った。

「なんでもないです。それより……こういう遠出、小鳥ともしていたんですか」

「ああ、もちろん。何度も誘って、ようやく色よい返事を貰えたときは嬉しかった。会うたび二十回以上は誘ったと思うぞ。最初の返答は……たしか、あなたくらい頭がおめでたいと生きるのが楽でしょうね、だった気がする」

「…………！」

身もふたもない返答を聞かされ、ついに吹き出してしまう。たしかに辛辣《しんらつ》だ。

「す、すみません」

「気にするな。……いま思えば、警戒されて当然だった」

「え？」

「いや」

それよりよく顔を見せてくれ、と、顔を覆う手を引き離そうとしたヨアヒムに手首を掴まれる。

「だめです、やめてください、まだ、笑ってるから……」

「それを見せろと言っているのだ」

「い、いやです」

揉み合っているうちに、うっかり目を合わせてしまい、静は知らず呼吸を止める。

間近に金の混じった茶色の瞳があって、そこに妙な顔で硬直した自分の顔が映り込んでいるのが見えた。

——ああ、どうしよう。

咄嗟に目を閉じれば、ヨアヒムの指が頬を撫で、それが合図だったようにキスが降りてきた。

「……っ……」

いやだ、とはこれっぽっちも思えなかった。

閉じた目蓋《まぶた》が溶けてしまいそうだ。目蓋だけではなくヨアヒムが触れている肩や頬からとろとろになって、自分が自分のかたちではなくなってしまいそうなほど、彼とのキスは心地いい。

やがて離れていった唇を惜しんで目を開くと、ヨアヒムは驚くほど優しげに笑っていた。

「わたしに、笑顔を見せるのが恥ずかしいのか？」

直前までキスをしていたことが、特におかしなことではないような気分にさせられる。

「あ……べ、別に、そういうわけじゃ、ないんですけど……。その、見せろと言われると、なんとなく、隠したいというか」

意地悪をしてみたくなりましたとあえて答えると、ヨアヒムはくつくつと笑った。

「そうか、意地悪なら仕方がない」

勝てそうにないな、というヨアヒムの広い胸に寄り掛かるようにして、静は小さくため息をついた。不思議だ。まるで会話のあいだに、キスが組み込まれていたみたいに自然に話をしてしまった。

しかも、自分が冗談を言うなんて。

「ヨアヒム」

たぶん全部この人のせいだ、と静は思う。ヨアヒムといると、自分が自分ではないような気がするときがある。もちろん、悪い気分ではないのだが。

「ん？」

「その……ありがとうございます、お店、手伝ってくれて」

「どうした？　藪から棒に」

「いえ……その」

苦笑されて、俯く。

たしかに少し唐突だったかもしれない。けれどいま、どうしても感謝の気持ちを伝えたい、と思ったのだ。恥ずかしさを感じて言えなくなってしまう前に言ってしまわなくては、と静はふたたび顔を上げ、言葉を重ねた。

「最初は……正直、迷惑だと思ってたんですけど、いまは全然、そんなことはありません。お客さんも喜んでくれてるし、俺も……あの、前より、余裕を持って働けてるし。すごく、助かってます」

「……そうか」

「あなたが来る前は……全然、うまくいかなくて。俺も……俺なりに頑張ってたつもりなんですけど、きっと、なにかが、間違ってたんでしょうね」

ヨアヒムは、黙ってそれを聞いていた。

「えっと、だ……だから、あ、ありがとうございます。すごく、感謝、してます……」

そう言ってまた俯くと、ヨアヒムは落ち着いた声で「そうか」と答えた。

「感謝の気持ちは嬉しいが、これはわたしがやりたくてやっていることだから礼には及ばないぞ。それにわたしは、おまえが間違っていたとは思えない」

「え……？」

「おまえはいつも……つまり前世でも、恋人だったわたしに対してさえ、ほとんど心の中や、弱音を打ち明けたりはしない男だったからな。おそらく店のことも、一人で気を張っていたのだろう。だが……」

上手くいかなかったからといっておまえが努力した事実が消えるわけではないのだから、そんな風に否定する必要もない、と彼は言った。

「わたしが保証しよう。おまえはよくやっているよ、静」

「……ヨアヒム……」

「まあそれはともかく、わたしはただ、おまえのそばにいたかっただけなのだがな！」

「そ、そうですか」

そう締めくくって笑うヨアヒムの精悍《せいかん》な頬が、少し赤くなっているのが判る。

普段はどんなに歯の浮くような台詞でもさらりと告げてくるくせに、こんなときに限って照れてみせるのは卑怯ではないだろうか、と静は思う。しかしそれ以上に、彼の言葉が嬉しかった。

「そうですか……」

同じ言葉を繰り返すと、ヨアヒムも「そうだ」と返してきた。大きく温かな手のひらで、何度か背中を撫でられる。努力した事実が消えるわけではないという彼の台詞を、静は胸の中で噛み締めた。

——どうしよう、すごく嬉しい。なんだろうこれ、困ったなあ。

胸の中が熱い。もしかすると、これが「好き」ということなのかもしれない。

彼と一緒にいると、小さなことで悩むのがバカバカしく感じたり、思いがけないことで笑ったりできる。その代わり、急に胸が締めつけられるようなときがあって、顔も熱くなるし、心臓もどきどきと落ち着かない。

苦しいのに、それがいやだ、とは思えなかった。

むしろむず痒い嬉しさというか、幸福感がある。

押し黙った静を気遣うように、ヨアヒムが「寒くないか？」と声をかけてくる。思考を振り払うように首を横に振り、静は「だ、大丈夫です」と答えた。

「あ……そ、そうだ。……帰り、少しだけ遠回りできますか？」

「もちろん構わないが、どこへ行きたい？」

「あの……向こうに、佐英さんの好きなケーキ屋さんがあるんです。昔は自転車で買いに行ってたんですけど、足を悪くしてから、行けなくなって」

駅やバス停からも少し離れたところにあるんですよね、と言うと、「そうか」と答えたヨアヒムが髪に唇を押し当ててきた。

「優しいな」

「な、なにがですか？」

「おまえは強く、優しい。昔から、孝行息子だった」

「……息子じゃなくて、孫ですけどね」

「記憶などなくても、なにも変わらない。おまえは、わたしの愛した小鳥のままだ」

「…………」

小鳥。――つまり前世の自分も、こんな風に少しずつヨアヒムのことを知っていって、そうして恋をしたのだろうか。

なにも覚えていないことを、初めて少し、もったいないな、と思った。


二人が買ってきた土産《みやげ》のケーキに「ここの、久しぶりねえ！」と喜んでいた佐英は、来週はもっと遠出してきてもいいんじゃない、と勝手に盛り上がり、箱根《はこね》や横浜《よこはま》や秩父《ちちぶ》など、行き先をあれこれ挙げていた。

これまでまともな友人もおらず一人ぼっちだった静に、定休日、一緒に出かける相手ができたことがよほど嬉しかったのだろう。

「箱根とはどこだ？　そこにはなにがある？」

「さ、さすがに馬で行くには遠すぎるよ」

そう返す静は内心、浴衣姿で温泉旅館にいるヨアヒムを想像してしまい、一人で動揺してお茶を零しそうになった。この想像は、よくない。心臓に悪い。

「どうした？」

「……な、なんでもありません」

頭の中にある図を説明するわけにはいかず、ぶるぶると首を振る。

あくる日、佐英の知り合いの大工は急な連絡にも拘わらず、朝からやってきてくれた。

「おーこりゃ、派手にいったな。そこの駐車場に繋いである馬が突き破ったんだって？　ははは、しょうがねえな、でけえもんな」

「綺麗になるかしら」

「まあ、大丈夫だろ」

新品とはいかないが、中古のドアや木材を組み合わせて安く仕上げてくれるという彼に、静は安堵のため息をつく。店の売り上げは一時より持ち直しているが、それでもまだ財政が厳しいことには変わらないのだ。

ヨアヒムが盛り上げてくれている分は回復したが、一度がくりと減ってしまった売り上げがすべて元通りになったわけではなく、依然として低迷している状態に近い。

それを知ってのことなのかどうか、店を再開してすぐ、坂口に連れられてやってきた近《こん》藤《どう》、という町内会のメンバーが、「そういえばさ、将来的にはここも、フランチャイズに加盟するっていう手もあるよ」などという話を持ち出した。

「そういうの、考えたことはないの」

「フランチャイズって……チェーン店になるってこと？」

カウンターの中の佐英は、やや不安げな表情だ。

「そう。うちの妹夫婦がね、駅の向こう側なんだけど、駐車場にするかどうか迷ってた場所で人を雇ってノワールコーヒーをやることになってさ。それで担当者と色々話してたら、駅のこっち側も候補としてはありですねって言われたみたいで」

ノワールコーヒーと言えば、いまや全国に千店舗以上を展開する大手だ。

「いまならほら、働いてるその外人さんも売りになるかなって。王子のいるノワールコーヒー、なんて若い子に受けそうでしょ」

「……うーん」

「ああ、もちろん御園さんがいやだっていうのを強制するつもりはないよ」

話のタネに言ってみただけ、と近藤はあっさりと話を切り上げたが、佐英の隣でその話を聞いていた静の中には、もやもやとしたものが残った。

「静、さっきの男になにか言われたのか？　もしそうなら……」

あとになって、ヨアヒムにそう訊かれた。忙しい時間が終わり、佐英が自宅へ戻っていくのを見計らって尋ねてくれた優しさと気遣いがありがたい。

「あ……だ、大丈夫ですよ」

嬉しいのと同時に気恥ずかしく、まっすぐにその顔を見ることはできなかった。ふい、と目を逸らし、洗い終えた食器を拭く手元に視線を落とす。

「あれは、近藤さんっていって、町内会のメンバーで……佐英さんとも昔からの知り合いだし、坂口さんとも親しい人です」

彼にはまったく悪気はないし、例のノワールコーヒーの件についてはそういう道もあるとむしろ善意で話を振ってくれただけに過ぎない、と説明する。

「しかし、乗り気ではないようだな？」

「ええ、まあ、俺も……佐英さんも、乗り気ではないです」

大手の加盟店となれば出資を受けることも、事業ノウハウを学ぶこともできる。

だが、メニューやサービスは画一化《かくいっか》され、喫茶みその、という店はどこにもなくなってしまうだろう。佐英と同じようにこの店に対する思い入れが強い静としては、それはなるべくなら避けたい手段だった。

――でもいっそ、これ以上売り上げが落ち込む前に、決断した方がいいのかな。

選択肢はひとつではなく、考えれば考えるほど頭の中がごちゃごちゃとして、すぐには結論を出せそうにない。

最近はヨアヒムがそばにいると、考えごとに集中できないせいもある。心臓がどきどきしたり顔が熱くなったりという反応に加えて、彼の話す声や、ふとした仕草にデジャブを感じる。以前にもこんな会話をしたような、この人は昔からこうだったような——そんな風に、逐一引っかかる「なにか」があって、気になってしまうのだった。

そこで、静は日曜の朝食時に「あの……今日、遠出するのもいいんですけど」と切り出した。

「その前にちょっと、図書館に行きたいんです。お昼には戻ってこられるはずなので、それまで家で待っていてください」

「図書館？　それならわたしも行こう」

「あ……いえ、えっと、大丈夫」

一人で行ってきます、と静は首を振った。

「それに、佐英さんの納戸の整理を手伝うって約束してたでしょう？」

もうこの話は終わり、とばかりに席を立つと、佐英がヨアヒムを見る。

「わたしはいつでもよかったんだけど。じゃあ、手伝ってくれる？　よっくん。静が帰ってくるまででいいわ」

「ああ……判った」

では気をつけて行ってくるのだぞ、という声を背に家を出た静は、ほんの少し後ろめたい気持ちでいた。嘘をついたわけではないが、図書館での「用事」について、ヨアヒムにはその内容を告げなかったからだ。

——俺も、前世のことを、少しでもいいから知りたい。できれば、思い出したい。どんな些細なことでも構わない。

ときおり訪れるフラッシュバックやヨアヒムの話を聞く限りでは、小鳥はいまの自分と同じように、最初は彼を警戒したり呆れたりしていたが、徐々に心を許していったのではないだろうか、と思うのだ。

——きっとそうだ。そんな気がする。

ヨアヒムの目を見るたび、声を聞くたび、彼が自分に微笑みかけるたび、胸が苦しい。これが本当に恋なのだとしたら自分はどうするべきなのか、なにもかも初めてのことで、どうしたらいいのか判らない。だからせめて、前世の自分がどんな風に彼と過ごしていたのかを知りたかった。

図書館は、ヨアヒムと初めて出会った区民会館に併設されている。

区立図書館、と書かれたレンガ造りの建物に入り、カウンターで西洋史について詳しい書籍を数冊、受け取る。ネットで検索し、貸し出しと閲覧《えつらん》の予約をしていたものだ。

「持ち出し禁止のラベルがあるものは、閲覧室のみで閲覧してください」

頷いて閲覧室へ足を運び、貸し出し不可のラベルが貼られた本から順番に開く。

十六世紀の国家分布図というページに目を凝らしていると、その中に「アンドリア」という小さな文字を発見した。十三世紀から続いた王国は十六世紀初頭に滅亡《めつぼう》、という一文しか添え書きがないが、たしかに存在していた国のようだ。

貸し出し不可本にはあらかた目を通してしまった静はいったんそれをわきへよけ、再び情報が載っていそうな本を探す。

すると、日本人の研究者が書いたエッセイ仕立ての「中世の東欧史」という本が、ちょうど十五世紀後半から十六世紀初頭までの国の興亡について、詳しく書いているのを発見した。これならなにか書いてあるかも、と期待してページをめくる。

読み進めていくうち、本の半ばほどに「王族間、貴族間の争い」という章があり、中高の授業で習ったような名前が列挙される中、アンドリア王室について言及《げんきゅう》している箇所があった。

「……当時のアンドリア王、バルディアの後妻として迎えられたイリスはバルディアに夫を殺害された恨みから、息子イリヤと共に王室の乗っ取りを画策《かくさく》し……？」

どき、と心臓がいやな跳ね方をしたが、そのまま読み進める。

イリスはアンドリアにほど近い小国の妃《きさき》だったが、侵攻してきたアンドリア軍に国を制服され、民の安全と引き換えに侵略者の王であるバルディアのもとへ、後妻として嫁さなくてはならなかった。

そこで彼女は息子イリヤと共にアンドリア王室の乗っ取りを画策し、イリヤを次の王に据えるべく、第一王子であるヨアヒムを誘惑せよと命じて従わせ、彼を城外へ誘い出したところで傭兵に襲わせて殺害に成功する。しかし、当のイリヤが即位したという事実はどの文献にも残っておらず、アンドリアは数年後に滅亡している。

一読しただけでは内容が頭に入ってこず、静はそのたった数行の文章を何度も読み返した。著者によれば、王位継承者を失ったアンドリアは隣国に攻め入られ、そのまま滅亡したとあった。

――彼を城外へ誘い出したところで傭兵に襲わせて殺害に成功する。

特にこの部分は、どう読んでも、イリヤがヨアヒムを陥れ、殺すために嘘をついて彼を誘い出した、としか取れないものだった。

やがてその文章を見ていられなくなり、静はばたん、と音を立てて本を閉じる。

向かいに座っている老人がちらりとこちらを見たが、構う余裕はなかった。急に息苦しくなり、喉元を押さえる。いつのまにか、呼吸を止めてしまっていたようだ。

——……俺のせいで？

自分のせいで、ヨアヒムは死んだのだろうか。

自分たちは恋人同士などではなく、単に王位継承争いをしていた敵同士だったのだろうか。少なくとも小鳥の方は、ヨアヒムのことを愛していたわけではなく、母親の命令でそう振る舞い、騙《だま》していたのだろうか。判らない。傭兵に襲わせて殺害に成功する、という文章をもう一度、頭の中で繰り返す。

「…………」

静は椅子から立ち上がると、本を書架へ戻すことも忘れて、ふらふらと図書館を出た。

まだ昼前で日は高く、深呼吸をしようとして見上げた電線には、丸々と太った雀が並んでいる。

——どうしよう？

ぽかん、とそれだけがまず、浮かんだ。知りたかったこととはあまりにもかけ離れた事実だけが目の前にぶら下がっていて、茫然《ぼうぜん》としてしまっていた。

——ヨアヒム、目を開けてください、お願い、お願いだから。

頭の中に、イリヤの——自分の声が蘇る。次に胸へ押し寄せたのは過去の焦燥、そして、後悔と罪悪感の塊《かたまり》だった。「そのとき」、自分はひどく慌てていた。予想外のなにかが起き、取り乱して城を出た。こんなことになるはずではなかった、早く行かないと、取り返しのつかないことになる。

そうして、暗い森を走った。前日に雨が降ったせいでぬかるむ道、昼間とは比べ物にならないほど真っ暗な森の中を必死で走り、声を限りにヨアヒムを探した。どうしても伝えなくてはならないことがあった。でも、なにを？

「……なんで……」

――裏切るなんて。好きだったんじゃないのか？　それとも、本当は好きじゃなかった？　よりによって、あんなに優しい人を、殺すなんて。ああ、だけどもう、取り返しなんてつかない。だって、五百年前のことだ。俺には、どうしようもない。

ヨアヒムは、自分が絵の中に閉じ込められた経緯を知っている風だった。魔女がどうのと言っていたではないか。前世でイリヤが自分を裏切っていたことを知っていて、あえてなにも言わずにいたのだろうか。

気がつくと、静は自宅玄関の前にいた。

どこをどう歩いて家まで戻ったのか、定かではない。戸に手をかけられず、躊躇《ためら》う。

家の中にはヨアヒムも、佐英もいる。こんなにも混乱している状態では、普段通りに会話できる自信はなかった。

しかしいつまでもここに突っ立っているわけにもいかない。意を決してがらりと戸を引くと、間の悪いことに上《あが》り框《かまち》から続く廊下にはヨアヒムが立っていた。その手には段ボール箱があり、佐英との約束通り、納戸の整理をしていたことが窺える。

「おお、戻ったのか。おかえり、静」

「あ……」

彼の顔を見た途端、ただいま、という言葉さえ出てこなくなってしまった。安堵と、不安。それ以外にもよく判らない感情がぐちゃぐちゃに混ざり合う。

「……どうした？　顔色が悪いようだが」

片手で頬へ触れられ、その手の温かさにくしゃりと顔を歪めた。

「…………っ、」

「……静、なにかあったのか？」

まさかまたあの笹神という男が、と眉を寄せるヨアヒムに首を振って、静は視線をさまよわせた。頬に触れたままの彼の手を遠ざける。

――……どうしよう。なんて言ったらいい？

図書館で歴史の本を読んだこと。前世の自分が彼を騙していたらしいこと、殺害計画に関わっていたらしいこと。どれも、まるで喉の奥へひっかかったようになり、声にならない。どうして隠してたんですか。前世のこと、一番大事なことを、どうして、なにも言ってくれなかったんですか。

そこまで考えて、言えるわけがない、とその考えを否定する。前世でおまえに殺されたけれどもうなんとも思っていないぞ安心しろなどと、それが本心であれ嘘であれ、言えないだろう。しかも、好きな相手を前にして。

そのくらいのことは、静もさすがに、判っていた。

「す……す、すみません」

結局、口をついて出たのはそんな言葉だ。

「なんだか、少し、具合が悪いみたいで。さ、さっきから、その、頭痛がして……今日の遠出はやめにして貰ってもいいですか？」

──嘘を、ついてしまった。

だがヨアヒムは静の言葉を少しも疑っていない様子で、心配げな表情を浮かべた。

「なに？　それは構わないが……具合が悪いのか？　医者を呼ぶか？」

「あ、だ、だい、大丈夫です」

そんなに珍しいことじゃなくて、ときどき起きる偏頭痛《へんずつう》で、大したことはないんですと早口に言った静は、ヨアヒムの脇を通り抜け、階段を駆け上がった。なるべく大きな音を立てないように襖を閉め、そのままベッドのそばへ座り込む。

「…………っ」

ぽす、と布団の上へ顔を伏せ、息を止める。

——……嘘をついてしまった。

あんな態度では、ヨアヒムは不審に思っただろう。彼から話を聞いた佐英も、おかしいと思うだろう。彼らに心配をかけたいわけではないが、けれどいまの自分には、与えられた情報を受け止める余裕がない。

「うー……」

ぐるぐると混乱する頭を抱え、本当に頭痛がしてきた気がして顔をしかめる。なんで、どうして、という疑問ばかりが、頭の中でぱんぱんに膨れ上がる。

——ヨアヒムはどうしてこんなに大事なことを隠していたんだろう。いや、そんなの決まってる……俺のためだ。たぶん、俺がショックを受けると思ったんだ、あの人は。それに、もし最初から本当のことを話してくれていたとしても、俺はそれを、信じなかったよな……。

そもそも最初は前世云々という話自体、まるで信用していなかったのだから。

絵の中から現れた瞬間からいままでのことを考えても、ヨアヒムは静のことを、完全に許しているように見える。

——どうして、許してしまえるんだろう？　それが、愛してるってことなんだろうか。

——それなのに、イリヤは。

イリヤがヨアヒムのことを、本当には好きではなかったとしたら。

「……そんな……」

その想像は、彼の立場を思えばあまりにもつらいものだった。あんなに熱心に愛を語り、冷たくされてもめげることなく、笑ってくれるだけで嬉しいと言っていたのに。結局それはただ騙されていただけで、悲しい最期《さいご》を迎えたのだとしたら。

「そんなはずは……」

ない、と思いたいのに、証拠になるような記憶を静は持たない。

——ああもう、どうしたらいいいんだよ。

なんで思い出せないんだ、と頭を抱えていると、襖をこんこんと叩く音がして、ヨアヒムの声が「静」と名前を呼んだ。

「佐英が、夜食を作って置いておくそうだ。もし食欲が出たら、食べるようにと。おまえのことを心配していたぞ」

「…………！」

なにも答えることができずじっと動かずにいると、低く穏やかな声が「おやすみ」と告げた。唇を噛み、そのまま階段を降りていく足音を聞いていた静は、ようやくほっと息を吐きだす。

そうして、最初に会ったとき、ヨアヒムが言ったことを思い出した。

——そうだ。なにも思い出さないか？　って、訊かれたよな。それで、あのとき、おまえの亡骸を抱くわたしに、魔女はこう言った、って。

王子よ、その者を生き返らせることはできない。だがおまえを絵画の中へ閉じ込めてやろう。たしか、そんな台詞だった気がする。うろ覚えだが、だいたいは合っているはずだ。

「おまえの、亡骸……？」

死んだのはヨアヒムなのに、おかしい。話が食い違っている。また頭の中が混乱してきて、静は眉間にぎゅっと皺《しわ》を寄せた。

――俺はただ、人を好きになるってどういうことなのか、前世の自分がどうしてたのか、知りたかっただけなのに。

結局、あまり知りたくなかった事実と、謎ばかりが増えてしまった。ぎゅっと背中を丸めて、膝頭に額を押しつける。

どうしよう。頭の中に浮かぶのは、それればかりだ。こんな秘密を抱えてしまって、いったいどんな顔で振る舞えばいいのだろうか。

少なくとも、なにも知らなかった振りをして振る舞う――などという器用なことは、できそうにない。困り果てた耳に、どこかそう遠くない場所で、サイレンが鳴っているのが聞こえた。

結局ほとんど眠れないまま、月曜の朝を迎えた。

「おはよう、静。今日もいい天気だな」

「おはよう。よく眠れた？」

どんよりとした気分の中、ようやく覚悟を決めて階下へ降りていった静を、佐英もヨアヒムもごく普通に迎え入れてくれた。それでも向かいに座る彼の目をまともには見られず、終始俯き気味のまま食事を終える。

昨夜は延々と悩み続けたが「どう振る舞うのが正解なのか」の答えは出ず、もちろん記憶が戻るわけでもなく、静の頭の中はいまだ、混乱したままだ。

ごちそうさまです、と早々に手を合わせて食器を下げ、店へ向かおうとすると、佐英に呼び止められた。

「そうだ静、昨夜、ボヤ騒ぎがあったのよ」

「……え、本当に？」

そういえばサイレンが聞こえていたような、と彼女を振り返る。「どこで？」と訊くと、「中野《なかの》さんちよ。坂口さんちのお隣」と返ってくる。

「中野さんちなんて……すぐそこじゃないか」

「そうなの。消防車を呼んだけど、道が細いでしょ？　離れたところからホースを伸ばしてるあいだに、中野さんのご主人と坂口さんで消し止めたみたい。門のところがちょっとだけ燃えて、タバコのポイ捨てか、放火かもしれないって」

「……放火……」

物騒《ぶっそう》な単語に、静は顔をしかめる。冬は空気が乾燥していて、炎は簡単に燃え広がってしまう。延焼していたら、古い住宅の多いこの付近は大惨事になっていたところだ。

「続くようなら気をつけないといけないわねって、さっきみっちゃんとも話してたの」

その言葉に頷く。放火の真偽《しんぎ》はともかく、気をつけるのに越したことはなさそうだ。

――俺も、色々しっかりしないと。前世のことも、ヨアヒムのことも、仕事のあいだはいったん、忘れよう。

せっかく店に客が増えてきたのだから余計なことを考えず、せめて失敗をしないように働かなくては。そうして開店の準備を進めていると、テーブルや椅子の位置を整えていたヨアヒムがカウンターへ寄ってきて、「静」と話しかけてきた。

「……な、なんです?」

動揺を隠しつつ問い返す。

「先日の、この店を別の大きな店の系列にどうか、という話を聞いて、考えていたのだが」

近藤が言っていた、フランチャイズの件のことだろう。思わず顔を上げた静はこちらを覗き込む薄茶色の瞳と視線を合わせてしまい、慌てて目を逸らした。

「え、ええ……それが？」

「わたしは経営のことはよく判らないが、そうしなくて済むには、金が必要なのだろう？　この店の売り上げが多少芳しくなくとも、問題なく営んでいくにはどの程度の金額があれば足りるのだろうか」

「……金額？　金額って言われても」

どうしてそんなことが聞きたいのだろうか。

急な話題に眉をひそめ、帳簿の数字を思い浮かべる。しかし、いつどんな要因で売り上げが変動するか判らない客商売だ。一概《いちがい》に「いくらあれば大丈夫」などと言えるような経済状態でもない。

「それは……その、お金はたくさんあるに越したことないですけど。もしこの店で向こう三年をしのぐなら、どのくらいだろう……うーん……そうだな、一千万円くらい、ですかね……？」

「一千万か」

なるほど、なかなかにまとまった金額だな、とヨアヒムは頷いている。

「でも、先のことは判りませんよ。……どうしてそんなこと、急に？」

「わたしが身に着けていた剣や装飾品を売れば、一千万には遠いかもしれないが、ある程度まとまった金にはなるだろう。少しでもこの店の足しになれば……」

「な……っ、や、やめてください、そんな！」

自分で意図したよりも、大きな声になった。しまった、と思い、慌てて言葉を繋ぐ。

「あ……その、つまり……そんな、そこまでして手伝ってくれなくても、いいってことです。この店は、俺が……責任を持って、自分で守りますから」

ヨアヒムの剣は王家に代々伝わる宝剣のひとつで、彼が成人した際に父王から賜ったものだと言っていたはずだ。そんな大事なものを、売らせるわけにはいかない。しかし静の内心も知らず、ヨアヒムはけろりとした顔で言った。

「おまえの役に立ちたいのだ。遠慮することはない」

「え、遠慮なんて」

役に立ちたい、というけなげな台詞に、少し胸が痛んだ。自分は本当に、そこまでして貰える立場なのだろうか。どうしても、図書館で知ってしまったイリヤのことが頭にチラついてしまう。

「……遠慮なんて、してません。それに普通、か、家族とか、親戚とか……とにかくそういう、身内じゃない相手にお金の相談なんて、しないものです。ましてや労働じゃなく、大切な物を売るなんて方法で、援助されても」

ああ、なにもこんな言い方じゃなくてもいいのに、と、喋るそばから後悔する。目を合わせようともしない静の態度にこれ以上食い下がっても無駄と感じたのか、ヨアヒムはそうか、と頷く。

「……見当違いな提案をして、すまない」

「…………！」

――ああ、どうしよう、ものすごく感じ悪いよ、俺。

せっかく色々と考えてくれたのに突き離すような態度で、と、途端に心の声が静を責める。もちろん、彼には純粋な善意しかないことは判っているのだ。

沈黙したヨアヒムがやけに可哀相で、静は自分まで悲しい気持ちになった。けれど、こんなときどう弁解するのが正解なのかも知らない。俺はどうしてこうなんだろう、と軽い自己嫌悪に陥りつつ、開店時間を迎えた。

午後になると、坂口がやってきた。

「……有志《ゆうし》で、パトロール？」

「そう。何人かのグループに分かれてやるのはどうかって話になってさ」

甘党の坂口は、この寒いのにメロンソーダを飲みながら言った。

「八時から九時くらいの時間帯に、町内をぐるっと見回るんだよ。そうすりゃあホラ、警戒してるなっていうのが犯人にも伝わって、思いとどまるかもしれないだろ？」

「あ……ということは、やっぱり不審火だったんですね」

「うん。消防署の人の話じゃ、タバコの吸い殻も見当たらないし、どうも、ライターで直接炙《あぶ》ったような場所が見つかったって」

物騒な話だよなあ、と彼はブルドッグのような顔をしかめてみせた。

「お店が終わって一息ついてからでいいから、静くんも協力してくれんかね。ためしに一週間くらい続けてみようかって話なんだけど」

「ええ、もちろん、俺でよければ……あの、あんまり役に立たないかもしれませんけど」

と答えた静の隣で、ヨアヒムが「いや」と言った。

「そういうことなら、わたしが出よう」

「よっくんが？　いや助かるけど、いいのかい」

「いざというとき、戦うことのできるメンバーがいた方がいいだろう。それにもし仮に犯人が逃げたとしても、白雪なら追いつけるぞ」

「いやいや、馬はいいけど、武器はだめだよ」

「む……そうか」

では剣は置いて行こう、と納得したらしいヨアヒムが、「問題ないか？」と顔色を窺うようにこちらを見る。

「えっ、あ、いい……も、悪いも、ヨアヒムがそれで、いいなら。俺が決められるようなことじゃ、ありませんから……」

またしても素っ気ない言い方をしてしまった、と静は思わず頬の内側を噛んだ。よかれと思って申し出てくれているのに、どうしてこんな受け答えしかできないのか。

「よーし、じゃあよっくん、さっそく今日から頼んだよ！」

「ああ、任せておけ」

自己嫌悪に襲われている静に構わず、笑いながら席を立った坂口を、ヨアヒムがドアまで送っていった。

それから数日間、ヨアヒムは店が終わると白雪に跨り、颯爽とパトロールへ出かけた。徒歩で動くグループとは別のルートを一人で回り、自宅まで戻るというパターンを毎晩繰り返しているが、行く先々で呼び止められ、写真を撮られたり、「頑張って！」と黄色い声援を送られたり、随分と人気らしい。

昼食を食べに店に来た坂口が、ナポリタンをつつきながら、その理由を教えてくれた。

「馬が目立つっていうのもあるけど、彼、あの容姿だしね。本人はとにかく真面目にパトロールしてるから、店にいるときより二割増しくらいキリッとしてるのもいいんだって」

かみさんが言ってた、という台詞に、そういえば彼の妻も友人を引き連れてみそのへ遊びに来てくれる「ヨアヒムファン」の一人だったと思い出す。

「すまない。これは遊びではないのだと、一応説明はしたのだが」

「いいよいいよ。こんな男前、テレビでもなきゃ普段見ることもないから、はしゃいでるんだろ。それより静くんに焼きもち焼かせちゃったかな！　はは」

「いえ、別に、そ、そんなことは……ありません、けど……その」

話題を振られ、静はどう反応すればいいか判らずに言葉を濁らせる。結局、いまだにヨアヒムには、イリヤのことについて切り出せていない。

「心配ではないのか？　静。ひょっとしたら、中には絶世《ぜっせい》の美女もいるかもしれないぞ」

からかうようなその言葉にどきりとしたあとで、軽いパニックを味わった。その結果、

「どっ……ど、どうして、俺がそんなこと心配しなくちゃいけないんですか？」

としか、答えられなかった。ヨアヒムは本気ではなく冗談を言ったのは明らかなのだから、もっと気の利いた言葉が返せればいいのにと歯がゆく思う。しかしそんな静に対して、彼は優しく微笑んだ。

「すまない、冗談だ。どんな女性がいようとも、わたしの心はおまえのものだよ」

「いいねえ、情熱的だねえ」

「……う、う……」

どう反応していいか判らず俯きながら、ずきずきと胸が痛むのを感じた。

――ああ、この人は本当に俺のことを恨んでもいないし、疑ってもいないんだ、あんな目に遭ったのに。

実際にヨアヒムがどんな殺され方をしたのか記憶が蘇ったわけでもなく、例の本とヨアヒムの説明とが食い違っている問題も解決していない。だが、目を開けてくださいお願い

だからと泣いている自分の声と、なにか伝えなくてはとひどく焦っていた気持ちから考えれば、自分は彼に相当ひどい仕打ちをしたのだな、ということだけは判った。

——本当に俺で、いいのかな。好きだなんて、おまえのものだなんて、言って貰える資格、あるのかな。イリヤがヨアヒムのことをどう思ってたのかも、まだ全然、思い出せないし。

下を向いたままの静を。ヨアヒムはなにも言わず、じっと見つめていた。


「今度は角の信濃《しなの》さんちだって。裏口に置いてたゴミ箱が燃えたらしいわ」

連日パトロールを続けるヨアヒムや坂口ら有志の努力をあざ笑うように、その後もボヤ騒ぎは続けざまに起こった。

そのタイミングはまちまちで、昼すぎのこともあれば、深夜近い時間になってからのこともあった。こうなると犯人は複数存在しているか、もしくは時間に縛られない職業や生活の誰か、ということになる。

「それになんだか……だんだん、近づいてきてるみたいじゃない？」

佐英が気味悪げにそう言ったのは、パトロールからヨアヒムが戻るのを待っているときだった。たしかに考えてみれば、ここ数日のあいだに起きているボヤ騒ぎは、少しずつ静の自宅や店に近づいてきているようだ。

「念のために、水の入ったバケツとかたらいとか、玄関に置くようにしてるけど。早く犯人が捕まってくれないかしらねえ」

「そうだね」

頷けば、それより静、と佐英が話題を変える。

「よっくんと、喧嘩《けんか》でもしたの？」

「えっ……いや、し、してないよ、喧嘩なんて。どうしてそんなこと訊くの？」

ぎくりとして尋ね返したが、本当は静自身、佐英の言いたいことは判っていた。

最近の自分はヨアヒムと目を合わせたり、親しく言葉を交わすのを避けている。

彼は以前と変わらずあれこれと話しかけてきてくれるのだが、静が上手く対応できないせいで、ひどくぎくしゃくとした空気が生まれてしまっていた。

「なにもないなら、いいんだけど。もしなにか悩んでいることがあるなら、話を聞くだけでもいいのよ。わたしは、あなたのおばあちゃんだし。三倍以上生きてるんだから、色々とアドバイスできると思うわ」

「……判ってる」

ありがとう、と答えたものの、静は彼女に、ヨアヒムへの恋心についてや、前世でのこと、イリヤ——つまり小鳥が彼にしたと思われる仕打ちについて、打ち明けることはできなかった。

彼女はヨアヒムがここへ転がり込んできた当初から、「前世での恋人」「アンドリアの王子」という彼の主張を受け入れている様子だが、それを静の口から説明するのにはまた別の勇気がいる。

誰かを好きになるだなんて、ただの一度も経験のないことだ。

もしもごく普通に小学生か中学生の頃にでも初恋を経験していたら、今回、もっと具体的にどうすればいいのか考えついていたのかもしれない、と静は短い半生を省《かえり》みて肩を落とした。

その翌日、佐英は出かけていて留守、静とヨアヒムは忙しいランチタイムを終え、そろそろどちらかが休憩に入るかと考えていたときのことだ。

「…………?」

——あれ。

なにかが焦げているような匂いがする。

それに気づき顔を上げると、換気のために少しだけ開けていた勝手口から煙が入り込んできているのが見えた。いやな予感がして、カウンターを出る。ヨアヒムもそれに気づいたらしく、静が勝手口から外を覗くのとは反対に、店のドアを開けた。

「静！」

呼ばれた静の目の前にも、もうもうとした煙が迫っていた。

――なにか、燃えてる。

「隣だ！　美智の家が」

「え？」

大声で言われ、隣を見ると、たしかに煙は美智の家から流れてきているようだ。その向こうに赤い火の手が上がっているのが見えた。

「……佐英さん」

背筋がぞっとした。今日、彼女は隣にいる。

朝から、次の及川ひろしコンサートのためのうちわを作ると言って、細々とした材料を手に美智のもとへ出かけていったのだ。静は勝手口から店の中を横切ってヨアヒムのところまで行き、もう一度隣家を見た。

「御園さん！　さっき、消防車を呼んだよ！　避難、しないと！」

「あ……」

美智の隣家に住む夫婦が、携帯電話をかざして叫ぶ。いったいどうしたら、と頭の中が真っ白になりかけた静だったが、「静くん！　よっくん！」という声が聞こえ、視線を動かした。坂口だ。騒ぎを聞きつけて、走ってきたようだ。

「静くん、火事！　火事どこ！　ああ……くそっ、美智さんとこか、一人だからな……」

そうだ言わなければ、と思った。美智だけでなく、佐英があの中にいることは、自分しか知らないのだ。

「……さ、佐英さん……佐英さんも、あの中に」

「ええっ!?」

「きょ、今日……お隣に行ってくる、って言って、出かけたままなんです。み、美智さんと……美智さんと一緒に」

それに、佐英は足が悪い。火事に気づいても、避難には時間がかかる。

混乱し、うまく言葉を伝えられない静の隣から、ヨアヒムがすっと動いた。勝手口へ歩いていった彼は、佐英が日ごろから用意していたバケツをつかみ、なにを思ったか、勢いよく中の水をかぶった。

「ヨアヒム!?」

「よ、よっくん……だめだよ！　だめだめ!!」

「え……？」

なにが起きているのか判らない静をよそに、坂口がヨアヒムを止めようとする。

「だめだって、消防車が来るまで、待つんだ」

「しかしそれでは佐英が危ない」

「だけど……」

「大丈夫だ」

離れていろ、そう答えて彼の手を振り払い、ヨアヒムはちらりと一瞬だけ静の顔を見たあとで、美智の家へ向かって走っていってしまった。静はそれを止める余裕もなく、茫然と彼の背中を見送る。

「……静くん、」

坂口も隣で、それ以上の言葉が見つからないようだ。サイレンはまだ聞こえない。炎はますます勢いを増し、このままでは、こちらの店か二軒先の住宅にも飛び火してしまいそうにも感じた。ざわざわと人の声が大きくなっていき、やじ馬が増えたことを知る。静はそれを見渡して、ようやく、「火事が起きている」という現実を認識した。

「すみません……店の外に出てください！　避難を！」

店内に声をかけ、二組ほど残っていた客を外へ出す。

坂口もそれに協力をしてくれ、静は彼らを少し離れた場所まで誘導したあと、美智の家の前まで戻ろうとした。サイレンが聞こえ、ようやく消防車が来たようだ。

目の前まで行きたいが、十数メートル離れた場所にまで、炎の熱が伝わってくる。立ち込める煙で美智の家はほとんど視認できず、いまどのくらいまで燃えてしまっているのか確認することも難しい。

——どうしよう、誰も、この中から出てこなかったら。

目の前で起きていること、その中に親しい人間が三人もいることが信じられず立ち尽くしていると、煙の向こう側に人影が現れた。

「…………っ！」

ヨアヒムだ。片腕でぐったりとした佐英を抱きかかえ、もう片方の腕でよろよろとした足取りの美智を支えている。

「ヨアヒム！」

「すぐに手当を。意識がない」

「おおっ、佐英さんも美智さんも、よかった、よくまあ、無事で……」

大丈夫、救急車もすぐに来るよと駆け寄ってきた坂口に美智を任せ、ヨアヒムは佐英を抱いたままがくりと膝をついた。苦しげに咳き込んでいる様子を見ると、彼も煙を吸ってしまったようだ。

見れば水を浴びていたにも拘わらず、着ていたシャツやギャルソン・エプロンもあちこち煤け、燃え跡が残っている。

「……ヨアヒム……！　よ、よかった、無事で」

——下手をすれば、彼も、危ないところだった。

ぞっとしたあと、彼が無事だった、という喜びと安堵が襲ってきて、涙が滲んだ。

どうしてこんな無茶なことを、と注意しなくてはいけないのかもしれないが、そんな気持ちには到底、なれなかった。静も路上に膝をつき、咳き込む彼の肩を支える。

「あ……ありがとう、ございます。ヨアヒム……！」

「ああ。おまえの……家族だからな」

「……っ……」

どいて、どいてくださいという叫び声が聞こえ、ばたばたと数人の足音がして、消防隊と救急の担架《たんか》がやってくる。すぐに放水が始まり、ヨアヒムが救助した佐英と美智は彼らの手で運ばれていった。

「ヨアヒム、あなたも」

行かないと、と急かすと「いや、わたしは……」と躊躇う様子を見せたヨアヒムだが、救急隊員の「煙を吸った方は全員こちらへ！」という声に立ち上がり、同じく佐英のつき添いで救急車に乗り込んだ静と一緒に、病院へ向かうことになった。

救急隊員が、意識のない佐英に応急処置を施《ほどこ》している。

救急車内の狭いベンチへ身体を縮めるようにして息をひそめ、それを眺めていると、自分の身体が震えているのが判った。気づいたヨアヒムがそっと手を重ねてきて、温かな感触に、ほんの少しだけ安心する。

——いてくれて、よかった。

病院へ到着するまでのあいだ、ヨアヒムはなにも言わず、ずっと静の手を握っていてくれた。

美智とヨアヒムは異常なしと診断されて解放されたが、もっとも多くの煙を吸い込んでしまったらしい佐英はまだ目を覚まさず、集中治療室へ入ったままだ。

「わたしが悪いの。煙臭いのに、ギリギリまで気づかなかったのよ、それに佐英ちゃんは足も悪いのに、わたしが、い、位牌《いはい》を取ってくるのを待ってくれてて」

そのあいだに廊下へ回った煙に巻かれ、佐英は倒れてしまったらしい。彼女を抱えて逃げようとしていた美智が炎に阻まれて立ち往生《おうじょう》しているところへ、ヨアヒムが助けに来たということだった。

「静くん、ごめんね、ごめんね」

「……美智さん」

涙を流す彼女に対し、大丈夫、美智さんが悪いわけじゃないんだから謝ることはないんですと返すので精いっぱいな静のもとへ、ヨアヒムが戻ってきた。

「静。……こっちへ」

美智から離れ、廊下の隅へ移動する。端正な顔に軽いやけどをしたヨアヒムの頬にはガーゼが貼りつけられていた。為す術もなく立ち尽くしていたときのことを思い出し、静は胸がぎゅっと締めつけられるのを感じる。

「あ、あの……」

いったいどうお礼をしたら足りるのか、見当もつかない。なにを言えばいいか、と唇を動かしかけた静の前で、ヨアヒムは声をひそめてみせた。

「静、こんなときにすまないが、話したいことがあるのだ。わたしの見間違いかもしれないが、最初に店の外へ顔を出したとき、集まり始めていた野次馬の中に、あの男がいたような気がする」

「え？　あ……あの男？」

唐突な話題についていけず、何度か瞬きをする。

「笹神だ」

「さ……笹神が？　あのとき……？」

「ああ。おまえは勝手口にいたから見ていないかもしれない、と思って」

「み……見て、ません。でも……」

「すまない。わたしも佐英と美智を助けなくてはということで頭がいっぱいで、確認するのを怠《おこた》った」

「そんな」

やめてください、と呟いた静は、笹神の名前を聞いて背筋が寒くなったような感覚があり、自分の両肘を抱くようにして肩を竦めた。

「あなたは、佐英さんを助けてくれたんですから……だけどもし、本当に、あの場に笹神がいたんだとしたら」

放火魔は、たとえ一度は現場を離れても、そのあと野次馬のふりをして戻ってくる、と聞いたことがある。

一連のボヤ騒ぎ、不審火がすべて笹神の犯行だとすると、時間帯が一定ではないことや、だんだんと静の自宅や店へ近づいてくる現象にも、一応の説明がついてしまう。彼は大学にはほとんど行かず遊んでいるようだし、「裏切り者」という台詞から考えても、こちらを逆恨みしていることは明らかだ。

だがいま、それを詳しく話し合っている余裕はない。

「わ……判りました。他の人にも、訊いてみた方がいいかもしれませんね。でもその話は、またあとでゆっくり……とにかく、一度戻って、店を片づけないといけないですし。お客さんを帰したままの状態になっているので……」

「わたしも戻ろう」

「あ……いえ、その、ヨアヒムはここにいてください」

「なぜだ?」

「佐英さんが……目を覚ますかもしれない。そのとき、一人だと寂しいと思うから。店を片づけたら、俺もまた戻ってきます」

そしたら交代してくださいい、と告げ、彼の返事を待たずにさっと踵を返す。

いま、ヨアヒムの目をまともに見て彼と話していると、もうそのまま、動けなくなってしまいそうだった。なにもかも投げ出して誰かに――彼に頼ってしまいたい、と心のどこかで思っている自分を感じる。

――でもそれじゃ、だめだ。

彼は佐英のために命を賭けてくれた。それにただ甘えてはいけない。自分もしっかりしなくてはと言い聞かせ、静は病院を出た。

店を片づけ、鍵をかけたドアに、「しばらくは休業とさせていただきます」という張り紙をする。佐英が退院するまで、店は閉めておくつもりだ。勝手口から自宅へ戻ろうとしたとき、電話が鳴った。

プルルルル、プルルルル、プルルルル。

聞き慣れた呼び出し音に、なにかとてもいやな感じがした。この感覚を知ってる、と思いながら受話器を上げる。病院からか、それとも。

「もしもし、喫茶みそのです」

『……御園？』

くぐもって、ほとんど囁くような低い声が聞こえた。静は受話器を耳に当てたまま、ああ、と目を閉じる。

――……笹神。

『俺さあ……知らなかったんだよ。まさかおまえんちの婆さんがさあ、あの家にいたなんてさあ』

ゆっくりと目を開けた静は、無言で電話機を見下ろした。ちょうど一年前、長く使っていたものが壊れ、新しくしたのだ。自宅にいる佐英とも連絡が取れるように、子機を増やせるタイプで、他にもさまざまな機能がついている。「ハイテクねえ」と喜んでいた彼女の顔が、頭に浮かんだ。

『まあでも、助かったんだろ？　婆さんはともかく、あの外人は死ねばよかったのによお、ぴんぴんしてたみたいだし。むかつくよなあ』

「……笹神、」

『あー？』

「おまえが、やったの？」

問いかけに、笹神はひどく不安定な、引き攣ったような笑い声を上げた。耳障りなその声に顔をしかめ、静は返答を待つ。

『やべえよ。超楽しかった。なんか、火遊びが好きなんだよなあ、昔から』

その心から嬉しそうな声と「遊び」という単語に、さらに怒りが湧く。

「おまえ……」

『でもこれで、おまえもやっと俺の怖さが判っただろ？　さすがにもう俺に逆らおうなんて思ってないよな、御園。……裏切ったこと許して欲しかったら、あとで駅前のブルークラウンて店まで来いよ。もちろん、一人で。誰も連れてくるなよ』

「……なんで、俺が」

『大事な店まで、燃やされたくないだろ？　ああ、そうだ……俺にはおまえと違って、仲間がいるんだ。一人で来なかったら、おまえんちも店も、どうなるか判らないからな？』

判ったな、と念を押すように言ったあと、笹神は一方的に通話を切ってしまった。

ツー、ツーという電子音を聞きながら、静はそっと受話器を戻す。

「…………」

――……許せない。

頭に血が上っているにも拘わらず、むしろいつもより冷静に行動できるような気がした。

なんの目的で呼び出されたのかも判らない状態だが、もう、こんなことを許すわけにはいかない。

――今度こそ。

今度こそ、自分の手で決着をつけなくてはならないと思った。

指定された店の名前を呟きながら自宅へ戻り、佐英の着替えやタオル、その他必要と思われるものをバッグへ詰めて、ふたたび外に出る。

まっすぐに駅へ向かおうとすると、ぶるる、ぶるる、という鼻息が聞こえた。白雪だ。

繋がれている彼女のもとへ行くと、足踏みをしながら心配げな息を吐きだし、静に頭をすりつけてきた。

「やあ、白雪。今日はずっとバタバタしてて、怖かったね。消防車も来たし……びっくりしたろ？　ごめん、ごめん……ちょっとまた、留守にするよ。やらなくちゃいけないことができたから」

馬は賢い動物だ。もしかすると彼女なりに殺気立った静の気配を察し、なにか異常なことが起きている、と判っているのかもしれない。

「俺に、なにかあったら……佐英さんを頼む、ってヨアヒムに伝えてくれる？」

そう訊けば、彼女はぶるるる、と低く鳴いて前足を動かした。

ありがとう、いい子だねと囁いて鼻筋や首元を撫でてやり、病院へ向かった。到着すると、集中治療室の外のベンチに座っていたヨアヒムが静に気づき、さっと立ち上がる。

「佐英さんは？」

「……まだだ」

首を振る彼に頷いて、静は持ってきたバッグを彼に手渡す。

「これ、持っててください。もしこのまま入院するようなら、必要になるはずのものが入ってます。俺、ちょっと一つ片づけないといけない用事があるので、また戻ってくるまで、待っていて貰えますか？」

「店のことなら、わたしが代わろう」

「あ、いえ……違うんです。ええと」

笹神のことをどう説明するか迷い、静は咄嗟に「町内会の方に呼ばれていて」と嘘をついてしまった。

「色々と……その警察の方にも話をしなくちゃいけないだろうし」

彼の目を見ないまま頷き「じゃあ、あとで」とその場を離れようとした静の手を、ヨアヒムが掴んだ。

「静、」

思わず視線を上げると、どこか心配げな薄茶の目がこちらを見下ろしていた。様子がおかしいことには気づいているのだろうが、どう問いただせばいいのか迷っている、そんな表情だ。

――ああそうか、俺は、この人に、ふさわしい人間になりたいんだ。

その目を見た途端、不意にそう思った。

そしてそれは「ヨアヒムに頼ってはいけない」という自分の気持ちの、もっと深い場所から湧いてきたように感じた。

意地を張っていると言われても構わない。ここで誰かを頼ってしまったら、接客に失敗していた頃よりも、もっとみじめになってしまうだろう。だがそれ以上に、いまだはっきりとは思い出せないイリヤの記憶や、前世で自分がなにをしたのかという不安、そもそもの自信のなさを克服《こくふく》して、彼にふさわしい人間になりたい、と強く感じた。

――そうすればきっと、本当のことを聞く勇気が出る。

「わたしに隠しごとをするのは、やめてくれ」

「隠しごとなんて……してません。俺は、大丈夫です」

佐英さんのことよろしくお願いします、と呟いて掴まれた手を振り払い、ヨアヒムの脇を通り抜ける。彼は静を追っては来なかった。

病院から、直接指定された店へと向かう。

ブルークラウンは駅前の繁華街、それもあまり治安のよくない地域にあるバーで、地元の不良のたまり場のようなところだ。笹神は高校生のときからここに出入りしており、静も一度だけ連れて来られたことがあった。

なにやらよろしくない薬の出回る店とも聞いていたため、それ以降は誘われても断っていたのだが。

小さな間口から狭い階段を降り、地下のドアを開ける。

表にあった看板も覗き込んだ店内もまだ暗く、音楽もかかっていないため一瞬、無人であるかのように感じる。しかしすぐに目が慣れて、ソファ席には笹神ともう一人、知らない男が座っているのが見えた。

「よう、御園。思ったより早かったな」

「……笹神」

先日会ったときよりも、痩せた印象があった。いや、痩せたと言うより、やつれたと言った方が正しい。目の下は落ち窪んでくまができ、顔色も悪い。そんな中、目だけがぎょろぎょろと光っている。

「こっち来いよ。そんな離れてたら、話もできないだろ」

のろのろとした足取りでソファ席へ近づくと、低いテーブルの上にはラップに巻かれたなにかの塊とアルミホイル、灰皿やライターが散乱していた。空になった注射器のようなものもある。煙草《たばこ》の匂いと、それとは別の、少し甘ったるい匂い。

向かい側に座る男は店の関係者だろうか、年齢は静や笹神よりも上に見える。

「まあ、とりあえずおまえもやれよ」

楽しくなれるぞと言われ、差し出されたのは細く巻いたアルミホイルの筒だ。吸い口は噛んだように少し潰れていた。

「……なんだよ、これ」

「はあ？　質問しろなんて言ってねえだろ。俺の言うことは絶対なんだよ。いいからやれ。吸い込んで、しばらく肺に溜めとけ。葉っぱはすぐ吐いたら意味ないから」

ほら、と催促するようにそれを振られ、ぞっとした。興味を持ったこともないので正確には判らないが、葉っぱ、というのは大麻《たいま》のことではないだろうか。

「笹神、おまえ、こんなのに手を出して……その挙句、放火なんて」

その堕落《だらく》ぶりに、また怒りが煽《あお》られる。裏切り者呼ばわりも、店へ来てのいやがらせも暴言も仕方がない、一度でも笹神に関わってしまった自分の自業自得と諦めて、やり過ごすしかないと思っていた。けれど佐英や、他に家に火をつけられた人たちには、なんの落ち度も、関係もないではないか。

「あ、おまえ、なに？　怒ってんの？　そんなわけないよなあ。俺の機嫌、損ねない方がいいんじゃないの？　謝れよ」

ふらりと立ち上がった笹神が、空いている方の手で静の頬を軽く叩く。

「ご、め、ん、な、さい、は？　なあ、御園。よしじゃあ、床に手えついて、土下座な。それで、もう二度と逆らいませんって言えたら、許してやるよ」

笹神の言葉に、もう一人が「寛大だねえ」と笑う。静はぐっと眉間に皺を寄せ、「そんな命令、まだ俺が聞くと思ってるのか？」と尋ねた。

「はあ？　なに言ってんだ、せっかく俺の言う通りにここまで来たんだろ。大丈夫だって、ちゃんと謝ってくれんなら、俺もこれ以上、機嫌損ねたりしないからさ。なあ？　俺たちは友達なんだからさ」

その一言で静は、これまで腹に溜めこんでいた諸々《もろもろ》の感情が爆発した。

「ふざけるなよ……！」

どん、と両腕で笹神を突き飛ばす。体格の差はあれど、不意をつかれた彼は「うわ、なんだよ」とよろめき、さっきまで座っていたソファへ尻もちをついた。すぐにもう一人の男が立ち上がるのが見えていたが、静は動きを止めなかった。

「佐英さんが……っ、ヨアヒムが、どんな気持ちで」

二人を危険に晒《さら》した今回の火災のことだけではなかった。佐英はもちろんヨアヒムも、あの店を一生懸命盛り上げてくれたのだ。三人にとって喫茶みそのは、こんな風に理不尽《りふじん》に脅され、その存続を笹神に許可して貰わなくてはならないようなものではない。

「おまえなんか……っ！」

「てめえ御園、この野郎」

人を殴ったことなどない。それでも怒りに任せて腕を振り回す静を、近づいてきた男が羽交《はが》い絞《じ》めにしようと手を伸ばしてくる。抵抗したが、二人がかりで押さえつけられた静は、乱暴に床へと引き倒された。

「ふざけんじゃねえよ！　バーカ！　こっちの台詞なんだよ！」

「……ぐっ、う、」

激昂した笹神に脇腹を蹴られ、息が止まる。咄嗟のことに対応しきれずパニックに陥り、酸素を取り込もうとする肺のせいで目の前が暗くなった。

「…………っ！」

「ちょうどいいからこのまま土下座しろ、ほら！」

両腕を背中側でまとめて掴まれ、前のめりの格好で固定されていた静は、後頭部に足を乗せられ、ぐっ、と体重をかけられて、為す術もなく床へ額を打ちつけた。鈍い音と痛みが襲う。

「……っう……」

「ごめんなさい、だろ？　ほら、言えよ！　ごめんなさいって」

「……っ、がはっ、げほ」

ようやく呼吸が戻ってきて咳き込む。自分の唾液が床を汚すのが判った。

「これで写真撮る？」

「ああ、あとで。それよりあれ、くれ。こいつに打つ」

「あれって？　……ああ」

なにやら静の上で会話した彼らは、「じゃあとりあえず縛るか」と不穏なことを口にする。

抵抗できないままソファへと引っ張り上げられ、男が取り出したナイロンテープで両手首と足首をぐるぐるに巻かれた挙句、口元にはガムテープを貼られた。

「もっと素直な性格になれる薬を打ってやるよ。根暗が治るかもしんねえし」

笹神が手にした小さな注射器に、なにが入っているのかなど知る由もない。しかし、それが合法の「薬」であるなどとは、静もさすがに思わなかった。おそらく覚せい剤か、それに近いなにか。

「…………っ」

――……いやだ。

やめろ、と声にならない声が鼻から漏れる。

「おまえがいい子になったら、あとでおまえと同類の、男が好きな男呼んでやるよ。これキメてやると、男同士でもめちゃくちゃいいらしいぜ」

「撮影会しような」

――もう、だめなのか。

所詮《しょせん》、問題を一人でなんとかするなんて、ヨアヒムにふさわしい人間になるなんて、自分には無謀なことだったのだろうか。悔しさとやるせなさでぐぐ、と奥歯を噛んだそのとき、どこかで馬のいななく声が聞こえた。

まさか、と静が少しだけ目を見開くと、笹神もそれに気づいたようで、ぴたりと動きを止めた。おそらくいやな思い出が蘇ったのだろう、胡乱《うろん》げだった視線が落ち着かなくなり、きょどきょどとさまよう。

「なんだ？　どうしたよ」

いや妙な音が聞こえて、と呟く笹神にもう一人の男が立ち上がり、「本当に誰も呼んでねえんだろうな」と静の顔を覗き込み、凄んだ。こくこくと頷くと、彼は様子を見るためか、店のドアに近づいていった。

「……なんだおま、えっ」

言葉が途切れ、がつ、と鈍い音が聞こえた。ソファの上に転がされた静の隣に座り、入口の方へ首をひねっていた笹神が、驚愕した表情で目を見開いた。だがその表情だけでは、なにが起きているのか判らない。

「静を返して貰おうか」

「…………っ!!」

聞き間違うはずのない声がして、静は息を止めた。どうして、ここに。

「なん……おまえ、なんで、なんで」

上擦った笹神の声など聞こえていないかのように、すたすたと歩く足音が聞こえ、静の視界に、彫りの深い美丈夫《びじょうふ》が顔を出した。

――ヨアヒム。

「静！　無事か？」

口元に貼られたガムテープのせいで答えることはできないが、静は懸命に頷いてみせた。

「…………っ、」

――来てくれた。

一人でなんとかしなくてはと思っていたことも忘れ、静はぎゅっと目を閉じる。涙が出そうだ。

ヨアヒムの視線から逃れるように、笹神がソファからずり落ちて逃げる。

手足や口元のテープを除去され、身体を起こした静が首を伸ばすと、床の上にはさきほど、入口の様子を見に立ったもう一人の男が倒れていた。殴られたのか、完全に気を失っているらしく、ぴくりともしない。

「お、おまえ、やっぱり……やっぱり……」

同じく床で這うような、無様な姿勢の笹神の言葉が自分に向けられたものだと気づき、静は首を振った。

「俺は……俺は、呼んでない」

おそらく異変を察した白雪が、ヨアヒムのいる場所まで駆けつけてくれたのだろう。

そう考える静の傍らで、ヨアヒムが「そんなことはどうでもいい」と呟く。

「……それより、わたしの命令を忘れたか？」

おまえの記憶力は随分と脆弱《ぜいじゃく》だな、と低い声が言う。ヨアヒムがゆっくりと振り返るのを見上げていた笹神の身体が、小刻みに揺れ始めたのが判った。逃げるタイミングを窺っているのか、それとも、震えているのか。

「静を侮辱することは許さない。今後、気安く近づくことも。提案ではなく命令だと言ったはずだ。違うか？」

「そ……あ……」

ヨアヒムは手に持っていた剣をさやから抜き、その切っ先を笹神に突きつける。彼の背がずば抜けて高いことや薄暗いせいもあるだろうが、彼の背中は、以前店で笹神を恫喝《どうかつ》したときよりもずっと大きな威圧感と、怒気をまとっていた。

「ああそうだ、忘れていた。訊きたいことがあったのだ。嘘を吐かずに答えよ。静の家の付近に放火をして回っていたのはおまえだな？」

「…………っ、」

単刀直入な質問に、笹神の頬が引き攣る。そんな訊き方をされても答えるわけがないだろうという意思表示なのか、彼はそのまま、片頬を歪めて笑ってみせた。極限状態で、判断能力が低下しているのかもしれない。

「は、はっ……」

「わたしも冷酷無比な人間ではないから、一応、理由を問うてやろう。さあ言え」

数秒置いたあと、「ないか、判った。ではわたしの命令に逆らったおまえの命はここまでだ」とさらりと告げて、ヨアヒムはもう足を一歩踏み出し、剣の先を笹神の目線から首筋へと移動させた。

「少々慈悲《じひ》深すぎるくらいだが、おまえごときには拷問《ごうもん》の手間さえ惜しい。……喜ぶがいい、一息に首を刎《は》ねてやる」

「…………っ、」

「不思議なもので、戦場で切り落とした首は、胴体から離れてしまっても、切り口さえ鮮やかなら少しの時間は喋れるそうだ。あとはおまえの生首と話をしよう。その方が、いくらか正直になれるかもしれないからな」

「おっ、お……お、俺の立場をわか、判らせてやったんだ！　そいつ！　そいつに！」

突然喚《わめ》いた笹神が、床の上を後ずさる。緊張が限界に達したのか、瞳孔が完全に開いてしまっていた。

「判ってんのか、御園！　おまえのせいでこうなったんだぞ！　おまえがいつまでも、俺を見下してたから、それで……！　でも、本当に店を燃やすつもりなんかなかった。周りが燃えてるの見て、途中で気づけばやめてやるつもりだった」

「見下してなんか……」

いなかったし、そんな方法でおまえ、と反論しようとした静だったが、その声にかぶせ

るようにして、ヨアヒムが突然、大きな声で「よし」と言った。

「聞いたな、おまえたち！　白状した。もう入ってきてもいいぞ」

「…………え」

　おまえたちってなんだ、と思ったその瞬間、ぞろぞろと入ってきたのは、制服を着た警官が四人と、私服の刑事らしき男が一人。

「だから！　突入のタイミングは、警察が決めることだから！　きみが決めることじゃないから。調子に乗らないように。ていうかそれ、本当にお芝居用の剣なんだろうね」

「ん？　あれ、なーんか怪しい匂いがするなあ、ここ」

「テーブルの上にあるの、それなんだ？」

「あれっ！　これ大麻樹脂《じゅし》じゃない？　なに、吸ってたの？　売ってたの？　あ、注射器もあるねえ。大麻だけじゃないのかな」

「よ、ヨアヒム……？　こ、この人たちは」

「白雪が病院までやってきて、おまえが危ないと報《しら》せてくれたのだ。ここへ駆けつける途中、交番へ立ち寄ってあの者たちを引き連れてきた。以前坂口に、街の警備隊のようなものだと聞いていたからな」

　涼しい顔で剣を収めたヨアヒムは、そう言って静の顔を覗き込む。

「命令に逆らったので首を刎ねると言ったら、なにやら随分と叱られたぞ。この国ではそういうことはしてはいけないのだそうだな。剣も没収されそうになったので、咄嗟に偽物だと嘘をついてしまった」

後半は小声で囁き、ウィンクをしたあとで真顔になる。

「怪我はないか？」

蹴られた上、妙なものを打たれそうになっていたことは、あえてヨアヒムには言わずにおいた。静が説明しなくとも、テーブルの上のものは刑事の手によって改められているようだ。

しかし、「そうか」と頷くホッとした表情を見た途端、静はまた自分の目の奥がぎゅっと圧迫され、熱くなるのを感じた。

「あ……」

――そうだ。助けに、来てくれた。なにも言わなかったのに。それだけじゃなくて、また嘘をついたのに。

「…………っ、」

喉の奥にも熱い塊があって、なにも言葉が出てこない。

好きだ、と思った。やっぱり好きだ。もしもイリヤだったときには彼を愛していなかったのだとしても、自分は彼が好きだ。

――ああ、でも俺はまた失敗してしまった。彼の助けを借りてばかりだ。

そのとき、笹神が「違法だろ?」とうわごとのように言うのが聞こえた。

「さっきのは、脅迫されて、嘘をついたんだ。信憑性ゼロで、証拠にはならないよな?」

往生際《おうじょうぎわ》の悪い言葉にため息をついたヨアヒムが彼を振り返る。それを見ていた静は、咄嗟に「あ、ある……」と呟いた。

「ん?」

小さな声だったが、店内にいる全員に聞こえていたらしい。彼らの視線が一斉にこちらへ向けられる。静は必死で口を動かした。

「あ、しょ、証拠は……証拠は、あるんです。俺、その、録音してて」

今日、店にかかってきた電話の内容を、咄嗟にすべて録音していたのだ。なにかの証拠になればと思っていたが、まさにここで、役に立つのではないだろうか。

「あ、なるほど、すごいね。じゃあそれ聞かせてくれるかな」

「ほら、立て。署で、おじさんたちとじっくり話をして貰うぞ」

床に伸びていた男は二人がかりで引っ張り起こされ、笹神と共に連行されていく。

それを見送って、静はようやく、肺に溜まった息を吐き出した。緊張の糸が切れたようで、ぽろりと涙が溢れる。

「ああ、静。もう大丈夫だ。よく頑張ったな」

「………っ、」

ヨアヒムの両腕が、静を抱きしめる。感情をコントロールできず、なにか妙なことを口走ってしまわないようにするのが精いっぱいだ。ぐっと歯を食いしばり、その胸元に顔を押しつけると、あやすように背中を撫でられた。

静が録音していた通話音声が決定的な証拠となり、笹神は放火・殺人未遂容疑その他もろもろの罪状で起訴されるそうだ。一緒にいた店の店員も薬物使用の疑いで送検され、事件は一気に解決へと向かった。

笹神が電話口で静を脅した件については、彼らの仲間と思《おぼ》しき男がもう一人、店の周囲をうろついていたところをパトロールしていた坂口らが見つけて通報したため、店も自宅も無事で済んだ。

あとは佐英さえ目を覚ましてくれれば、と思いながら、静は今日も病院へ急ぐ。

彼女はまだ集中治療室にいる。目立った外傷はないものの、やはり煙を大量に吸い込んでしまったことが大きいようだ。

自分がもっと早く、気づいていれば。もっとうまく、笹神を遠ざけていたら。

後悔は深い。それに加えて静は今日、家を出る前に、ヨアヒムともぎくしゃくと気まずい雰囲気で過ごしてしまった。結局あの店から救出されて以降、「好きです」と伝えるタイミングを逃し、いまだになにも伝えることはできていない。

「静、今朝はわたしが朝食を作ったぞ」

「え？　……あ、なんで……」

「佐英に習っていたからな」

焼いたパンに茹《ゆ》で玉子、ドレッシングをかけたレタスとトマトのサラダ、半分に切ったグレープフルーツとみかん。簡単なものばかりだが、おそらく料理や食事の支度などしたことがなかったであろう彼にしてみれば、これはかなりの努力だったに違いない。

「あ……あ、ありがとうございます」

小さな声で呟いて、静は席につく。

「佐英ほどきちんとしたものは作れなかったが」

「……いえ、そんな」

もっと素直に喜んでいいのだと頭では判っていても、上手くできなかった。どうして俺はこう、と歯がゆく思いつつ食事を終える。

「今日はわたしも少し、出かけよう」

ヨアヒムの声に、顔を上げた。

「え、あ……どこへ？」

「実は、坂口に呼ばれているのだ。パトロールに協力していたメンバーに笹神のことを報告しなくてはならない」

「そ……そうですか、じゃ、じゃあ」

　俺は病院にいるのでなにかあったら連絡してください、と食器を洗いながら答えると、彼はシンクの前まで来て、「静」と言った。

「わたしはまた、なにかしてしまったか？　もしおまえが怒っているのなら、謝りたい」

「えっ⁉　お……怒ってなんて。ど、どうしてそんな風に思うんです」

「このところ、ずっと様子がおかしい」

　それは、と静は俯き、唇を引き結ぶ。

　火事や笹神のことでうやむやになってしまった感もあるが、イリヤが彼をどう思っていたのかという記憶はいまだに戻っていないし、彼とのあいだにその話題を持ち出せてもいない。どう切り出せばいいのか、と悩んでいるのが伝わってしまっているようだ。

「それに昨日は、笹神とのこと、もしかしたら一人で解決したいと思っていたところを邪魔してしまったのではと気になってな」

　と、ヨアヒムは苦笑する。

「すまなかった。……おまえが心配だったのだ」

「そんな……や、やめてください」

——謝らせるなんて。

危ないところを助けて貰っておきながら、思えば自分はきちんと「ありがとう」さえ伝えていないのに、よりにもよって謝罪させるとは。なにをしてるんだ、という憤りが自分へ向かい、静はくしゃりと髪を掴む。

「あ、あなたが謝る理由なんて、どこにもないじゃないですか。……それに引き替え、俺はまた、あなたに、その、う、嘘を、ついて……」

「また……？」

——しまった。

静はどきりとして口を閉じる。

「なんの話かは判らないが……おまえがわたしに事情を話さずに笹神に会いに行ったことを言っているなら、気に病む必要はないぞ。脅されていたのだから、仕方がないだろう？実際、不審な男が店を狙っていたというし」

「……いえ……」

そういうことではなく、と口で説明できず、静はただ黙って首を横に振った。ヨアヒムは穏やかな声で続ける。

「自分を責める必要はないと言っただろう？　おまえがわたしになにを隠していたとしても、頼りがいのないわたしの責任だし、おまえを好きだ、と思うこの気持ちに変わりはないよ」

その言葉に、静は自分の胸がぎゅっと締めつけられ、痛むのを感じた。彼が好きだというたびに、同じような感覚が起きる。

——俺も、って言わないと。俺も同じ気持ちです、って。でも、どんな顔して？

判らない。追い詰められた静は「あの、お……俺、もう行かないと」とヨアヒムから逃げるように自室へと戻り、出かける支度をして病院へ向かう。

「い……行ってきます」

「……ああ」

玄関まで見送りに来た彼がなにか言いたげな顔をしているのが判ったが、気づかない振りをした。

そんな風にして三日が過ぎ、静は午前中は病院、午後からは戻ってきて店を開けるという生活を始めた。十二時からという変則的な営業ではあるが、いつまでも店を閉めていては収入も得られないし、佐英が意識を取り戻さない以上、つき添っていても、できることが限られてしまうからだ。

ヨアヒムとは、あれからあまり会話をしていない。彼の方では静を気遣うような気配や行動が感じられるものの、どう接すればいいのか判らず、彼ときちんと向き合うことをずるずると先延ばしにしている状態だった。

それに加えてこのところ、彼は店での仕事を終えて食事を済ませると、ふたたび家を出ていくようになった。

「静、ちょっと出てくる。遅くなるから、わたしを待たず、先に休んでいてくれ」

「え……？　あ、は、はい」

いったいどんな用事があるのか「どこへ？」と尋ねてみたことはあるが、「まあ、パトロールの延長のようなものだ」という答えが返ってきて、それ以上は追及することができない。本人が言うように帰りは遅く、日付が変わってしまってから帰ってくることもあるようだ。それでも朝になるときちんと起き、店の支度を手伝っている。

――大丈夫なんだろうか。なにか妙なことに巻き込まれていないといいけど。

心配になった静は、店の様子を見に来てくれた坂口にこっそりと「ヨアヒムがパトロールの延長って言って出かけて行ってるんですが」と尋ねてみた。すると彼は「え？　ああ、そうそう」と笑って頷き、

「色々と手伝って貰うことが多くてねえ、悪いね、借りてて」

と言う。ご迷惑になっていないならいいんですけど、と静が返すと、彼は「とんでもない」と首を振ってまた笑った。

「働き者で、いい旦那《だんな》じゃない」

「ち、ち、違います！」

相変わらず佐英の言ったことを真に受けているらしい坂口に首を振り、カウンターの中へ戻る。ヨアヒムは今日も彼を目当てにやってきた熟女たち数組の接客に追われていて、忙しそうだ。

結局、夜中まで彼がなにをしているのかはよく判らなかったが、仕方がない。

知りたい気持ちはあるものの、かといっていま、ヨアヒムとじっくり話ができる状態かと考えると、それも難しいような気がした。それに静は彼に対して、隠しごとをしないでくれと主張する権利もない。

「…………」

――結局、なんにも言えてないし、話もできてない。

好きだと伝えて、図書館で知った事実を打ち明け、本当のことを教えてくださいと言うべきだろう。それが自分たちの関係を進める、第一歩だ。頭では判っているのだが、いざヨアヒムと向き合うと、勇気が出ないのだ。

好きだと言うのは後回しにして、ひとまずは知ってしまったなにもかもを打ち明け、どうしてこんな大事なことを隠してたんです、と訊くべきなのだろうか。けれどあの本で得た知識より、もっとひどい事実が隠されていたら？　という不安が湧き、勇気はあっという間に萎《しぼ》んでいく。

知らず知らず、静の口からはため息が零れた。

「ああ、御園、佐英さんね。はいはい。よかった。ついさっき、気がつかれましたよ」

「え……ほ、本当ですか」

「ええ。いまは集中治療室を出て、一般病棟にいらっしゃいます。ご連絡差し上げようと思ってたんですけど、もう必要ありませんね。こちらへどうぞ」

朝、いつものように静がナースステーションに到着すると、看護師の一人がそう言って、静を佐英の横たわるベッドまで連れていってくれた。六つほどベッドの並んだ大部屋の窓際で、彼女は身体を起こしていた。

「さ……佐英さん！」

「……静、心配かけてごめんねえ！」

弱々しいながら笑顔を浮かべる佐英に近づき、静は思わず涙ぐむ。

「……よかった。本当に、よかった」

このまま目を覚まさなかったら、もう二度と彼女の作ったご飯が食べられなかったら、もう二度と、明るい笑顔を見せて貰えなかったら。口には出さないでいたが、この数日、とても不安だったのだ。

パイプ椅子を引き寄せ、ベッドのそばへ座る。

「なにか飲みたいものは？　食べたいものでもいいよ、限度はあるけど、基本的な飲食は構わないそうだから……」

「大丈夫よ。さっきお茶を淹れて貰ったし、夕食を楽しみにしてるの」

「そう。食べたいもの、思いついたら、なんでも言って」

静はそれから佐英に、放火が笹神によるものだったこと、彼はすでに警察に逮捕《たいほ》されていて事件は解決したこと、煙にまかれた彼女を助けたのは、危険を顧《かえり》みず燃える美智の家へ飛び込んでいったヨアヒムだったことなどを伝えた。

「そう……あの子がね。高校も一緒だったのに……」

どうしてそんなことになっちゃったのかしらねえ、と佐英は悲しげな顔をする。

彼女にしてみれば笹神は禍々《まがまが》しい放火魔というより、地主の息子であり、孫のかつての同級生という、ごく身近な存在でしかないのだろう。

「そうだ。それで、よっくんは？　わたし、助けて貰って、まだお礼も言ってないわ」

「あ……う、うん、元気だよ」

ヨアヒムの名前にどきりとしつつ、いまは店の準備をしてくれてると言うと、「そう」と佐英は頷く。

「それで、仲直りはできたの？」

「う……べ、別に、喧嘩してたわけじゃないから」

「あら、そうだったかしら」

「そうだよ！」

とにかくそのことは気にしなくていいから、とヨアヒムの話題を終わらせた静はそのあと、佐英と共に医師の説明を聞いた。

現在の容体は安定しており生活にも支障はないが、数年前の脳梗塞の件も考慮し、数日間、様子を見つつの入院が必要だそうだ。早ければ三日ほどで帰宅できると思いますよ、と言われ、二人でホッと胸を撫で下ろす。

「ごめんねぇ静、また手間かけさせちゃうわね」

「佐英さん、たった二人の家族なんだから、謝ったりしないでよ。全然、大丈夫だから」

咄嗟にそう返したが、実際には毎日病院と店との往復をし、夕方まで働いてという生活は楽なものではない。

それを察したのか、佐英は「大丈夫じゃなくてもいいのよ」とにっこり笑った。

「いまだから言うけど、あなたのお父さんとお母さんが死んでしまったとき、ああこれから二人っきりでどうしよう、ってすごく不安だったの。わたしはもう若くなかったし、お店もあるのに、男の子なんてちゃんと育てられるのかしらーって。みっちゃんにも、色々と話を聞いて貰ったわ」

「……そうだったの？」

「そうよお」

知らなかった、と静は思った。昔から佐英はいつもにこにこと明るく、先のことなどなにも心配していないかのように見えていたのだ。

「だけどね、だんだん判ってきたの。不安でも、よく判らなくてもいいの。一日一日、なんとか乗り越えていくうちに、ちゃんと家族のかたちになっていくから」

「……家族の、かたち」

「たった二人でもね。それに、いまはもう一人、大事な人がいるでしょ」

「…………」

もちろん誰のことを指しているのか判ったが、静はきゅっと唇を噛んだ。

たしかにそう言われて思い浮かぶのは、たった一人だ。

「この人と一緒にいてもいいのかな、上手くやれるかな、って心配してもいいのよ。誰でも不安なの。でもね、あなたが本当に好きだな、大事だなって思う人なら、そうやって不安になりながらでも、そばで過ごしていくうちに、お互いにとって一番いいかたちに落ち着くはずだからね」

だから無理はしなくていいけど、相手が自分にとってどんな存在なのかはちゃんと知っておかないとだめよ、という佐英の言葉に、小さく頷く。

なにも話していないとはいえ、彼女は静の育ての親であり、ヨアヒムが来てからも毎日、二人のことを見ていたのだ。静自身は隠していたつもりでも、色々と伝わっていたものがあるに違いない。

「……ありがとう、佐英さん」

病院を出て店へ戻ると、すでにエプロン姿のヨアヒムが、ドアの外へ看板を出しているところだった。

「おかえり、静。佐英はどうだ？」

「あ……お、おかげさまで、意識が戻って、一般病棟に移りました」

「おお、そうか……！　それはよかったな、ではもう話せるのか？」

「はい。話せるし、あと少しで、退院もできるって」

「そうか……！」

嬉しげな様子のヨアヒムは、わたしも明日は見舞いに行こう、と言う。

「……そうですね。佐英さんも、喜ぶと思います」

夕方六時に店を閉め、作り置いていたカレーで簡単な夕食を終えると、ヨアヒムはまた出かけるようだ。

「よ、ヨアヒム」

「ん？」

「あ、そ、その……」

——今日こそ。今日こそ、ちゃんと話がしたい。

たまには家で俺と過ごしませんかと、たったそれだけの誘いの言葉を口にすることができない。こんなに勇気がいるものとは思わなかった。言葉に詰まった静を見て、彼はなにを思ったか、「心配するな」と励ますように笑う。

「医者が大丈夫だと言ったなら、大丈夫だ。明日も、佐英に会える」

「え？　あ……そう、ですね」

どうやら、佐英の体調を案じていると思われたようだ。

「ではな」

そう言って右手を動かしたヨアヒムを見て、静は反射的に首を竦めた。

「……っ……」

決して、いやだったわけではない。

いつものように、頬を撫でられるか髪を撫でられるかしたあとで、キスをされるパターンかと思い、緊張したのだ。しかしその様子を見たヨアヒムは口角に苦い笑いを滲ませ、ぽん、とごく軽く、静の頭の上に手を乗せた。

「おやすみ、静」

「……あ……？」

あの違うんですこれは、いやだったわけじゃなくて、と弁解するタイミングを逃し、静はその場に取り残される。

――ああ、どうして、こうなんだろう、俺は。

上手くいかない。自分の不甲斐《ふがい》なさにがっかりしながらも家事をこなし、帳簿をつけて、一日のルーティンを終える。時計を見れば、もう十一時半だった。今日もヨアヒムは遅いようだ。

「なんか、妙に冷えるな……」

隙間風が吹くような安普請《やすぶしん》の家ではないが、それでも季節は真冬に近づいているということだろう。丸くなった静はしばらくあれこれと考えていて寝つけなかった。

翌朝、静と共に病院を訪れたヨアヒムは、途中で花屋に立ち寄り、佐英のために大きな花束を買った。色とりどりのバラやガーベラなどを組み合わせた華やかなものだ。

「静と選んだ。少しでも気が晴れるといいが」

「まあ、きれい！」

花瓶を借り、ベッドサイドにあるテーブルの上へそれを飾ると、佐英は目を細めて「いい匂いねえ」と喜んだ。

正直なところ、佐英のために花を買うなどとは思いつきもしなかった自分が恥ずかしく、静はヨアヒムを羨ましく思う。彼はこれまでの人生で、誰かを喜ばせたり笑わせたりするにはどうしたらいいかということをごく自然に学び、身につけてきているのだろう。もっとも彼は花屋で「美しい！」と感動した蘭の鉢植えを買おうとし、「お見舞いに鉢植えはちょっと」と指摘した静に首を傾げていたのだが。

「早く戻ってこい、佐英。わたしの料理の腕が上がったのはいいが、おまえの作る食事も恋しい」

「あら、料理をしてるの？　偉いじゃない、静、よっくんのご飯、どう？」

「ま、まあ……その、美味しいですよ。たまに、不思議な味ですけど」

「静と交代で作っているから、バリエーションにもこと欠かない」

「うん。だけどやっぱり、佐英さんのご飯が一番だよ」

「そうね、早く帰って食べさせてあげなきゃね」

「ああ。だが無理は禁物だぞ」

「そうだよ、ゆっくりね」

こうして三人で和《なご》やかに会話をするのは、なんだか久しぶりなように感じる。同じ病室の他の患者たちも、ヨアヒムには興味津々の様子で、あちこちから「日本語上手ね」「かわいいわね」という囁き声が聞こえていた。

「ヨアヒム、あ、あの……今日、今日は、ありがとうございました」

「特に礼を言われるようなことはしていないが？」

店へ戻って開店の支度をしながら、静は「いえ、佐英さんが……その、すごく嬉しそうだったから」と言ってみた。ヨアヒムはカウンターを端から端まで拭きながら、「ああ、そうだな」と返す。

「元気そうで、安心した。あの分なら、明日にでも帰宅の許可が出るのではないか？」

「はい。……そうだと、いいんですけど」

頷きながら、作業するヨアヒムの顔を盗み見て、あれ、と思った。ヨアヒムの顔色が悪いような気がする。光の加減だろうかとも考えたが、いままでより、あきらかに血の気が引いているように見えた。

所作《しょさ》や、客に対する物腰に変化はないものの、注意深く聞いていると、その声にもなんとなく、以前のような張りがないように思える。

——……どうしたんだろう？

考えてみれば彼は毎晩深夜すぎまで外出しているのに、朝には静と同じ時間に起きているのだ。なにをしているのか知らないままだが、そのせいで寝不足になり、疲れが溜まっているのだとしても、おかしくはない。

しばらく佐英のことばかり心配していたせいか、気づかなかった自分のことを少し責めつつ、注文を受けたコーヒーと紅茶を運ぶため、カウンターへ来た彼に思い切って声をかけた。

「あの、よ、ヨアヒム。ええと、その……ちょっと、顔色が悪いみたいですけど、体調、平気ですか。も、もしあんまり寝ていなくて、つらいなら、少し休憩しても」

「……ああ、いや、大丈夫だ」

「本当に？」

「ああ」

心配させてしまってすまない、と微笑まれてしまうと、それ以上なにも言えなくなってしまう。「……それなら、いいんですけど」と小さな声で呟いて作業へ戻ったものの、静はそれから無意識に、彼の顔色を確認してしまっていたようだ。

振り向いたヨアヒムと目が合い、慌てて逸らす、ということを何度か繰り返しているうちに夕方になり、最後の女性客が帰っていく。

「またねえ、よっくん」

「ああ、また」

笑顔で彼女たちを見送り、店内へ戻ってきたヨアヒムは、そのままふらふらと手近な椅子へ座った。

「ヨアヒム、やっぱり具合が」

「いや……大丈夫」

本当だろうか。近づき、顔を見ようと屈んだ静に、彼は「心配ない」と首を振る。

「少し、疲れているだけだ。休めばすぐに動けるようになる。それより静、今日はここを片づけたら、すぐに出ようと思っているのだが……」

「……また？」

そうしてまた、夜中まで戻らないつもりなんですか、そんなにつらそうなのに。そう言う代わり、静はずっと聞きたかったことを口にした。

「……その、このところ、夜にいつも出かけていって、なにをしているのか聞いてもいいですか？ 考えたんですけど、こ、こんなに頻繁なの、町内会関係の集まりとかじゃ、ないですよね？」

――ああ、違う、そうじゃなくて。

こんな風に、問い詰めたかったわけではないのだ。たまには家で一緒に過ごし、肝心の話をしたいと思っていて、今日はそれに加えてヨアヒムの体調が悪そうなのが心配だった、というだけのことなのに。

けれどヨアヒムはその質問にしばらく沈黙し、なにか考えるような様子を見せたあと、

「じき、判る。どうか、それまでは訊かずにいてくれ。……すまない」

と答えた。静は立ったまま、どう返そうかしばらく悩み、

「……どうして、謝るんですか」

と尋ねた。

「それはわたしが、おまえを好きだからだ」

ずき、と胸が疼いた。まただ。上手く呼吸ができない。

――俺も、あなたのことが好きです。

――だから、できれば自分がイリヤだったときのことが、もっと知りたい。

伝えたいことはそれだけなのに、なぜか必死に言葉を探した。率直でいい、嘘をつきたくないと思うのに、たった二つの事実を口に出すことを、静はひどく恐れていた。それは現状を大きく変える言葉だからだ。

そうして結局、静の唇から滑り落ちたのは、

「……あなたに、好きと言われると……困るんです」

という台詞だった。ヨアヒムは驚いたように目を見張ったあとで、苦笑する。

「そうか」

「あ……」

「……うん、判った」

「ち、ちが……」

違うんです、そういう意味ではなくてと弁解する前に、彼はそっと腕を伸ばし、静の髪を撫でた。

「わたしはただ……本当にただ、おまえが好きで、その気持ちを知っていて欲しかっただ

けなのだ。困らせてしまって、すまない」

ああまた謝らせてしまった、と静は唇を噛んだ。どうしてこうなのだろう。いっそ怒ってくれた方がましだとさえ思う。

——そんな風に優しいから、だから俺に騙されて、殺されたりするんですよ。

その台詞は言えなかった。彼を裏切っておいて、まだ好きだという。許して欲しい、目を開けてくださいと夢の中でずっと泣いている。自分はいつも勝手を言って、彼を振り回してばかりだ。前世でも、きっと。

「すまないついでだが、もしかすると、しばらく戻れないかもしれない。わたしがいなくても……いや、いないあいだ、白雪の世話を頼めるか？」

「し……しばらくって、どのくらいですか」

「数日か……もっと長いか」

「そんな、急に……」

いったいなにがあったんです、と尋ねてはみたが、彼は首を振って「じき判る」と繰り返した。

唇を引き結んだ静の髪をもう一度撫でて、ヨアヒムは立ち上がる。

「さあ、もう大丈夫だ。片づけを終わらせよう」

納得はいかないものの、これ以上彼を追及しても無駄なようだと諦めた静は頷き、カウンターの内側へ戻った。

店を閉め終え、台所にいた静は、エプロンを外したヨアヒムが玄関へ向かう足音を聞いて、それを追いかけた。白いシャツの背中に「無理はしないでください」と声をかけるかどうか迷っているうちに、靴を履き終えた彼がこちらを振り向く。

「どうした？」

「あ……」

なんだか、引き留めなくてはいけないような気がした。

伝えていないことがある。けれど、いま出かけようとしている彼を引き留めてまでする話ではないのかもしれない。結局、静は「行ってらっしゃい」と小さく呟いた。

「ああ」

行ってくる、と微笑んだヨアヒムが腕を伸ばし、静の手を取った。

握手でもするのだろうかと視線を落とすと、彼はそれを口元まで持っていき、手の甲の真ん中へ、恭しくキスをした。

「…………っ！」

「ではな」

なにも言えずにいるうちに、するりと彼の手が離れていく。

がらりと引き戸が開いて、その向こうにヨアヒムの姿が消えてしまうまで、静は玄関先に突っ立ったままでいた。
自分の部屋で帳簿を広げていた静は、ふと聞こえた物音に顔を上げる。
なんということはない、風に吹かれた戸か窓かが鳴る音でしかないのだが、さっきから
こんな風にそわそわとして、妙に落ち着かないのだ。
「…………」
出かけ際のキスを思い出して、何度も自分の左手を見る。
手の甲にキスをされたのは、初めて会った頃以来だ。最近、妙に意識してしまっていた
せいで、唇や額へのキスは避けがちだったから、彼なりに気を遣ったのかもしれない。
考えてみればヨアヒムは、強引なことは一度もしてこなかった。もちろん不意打ちでの
キスもあったけれど、静の表情や反応を見て、優しく触れてくるようなものばかりだった。
大切にされていると思う。くしゃりと髪を掴んで唇を噛み、ぎゅっと目を瞑る。そうし
て、佐英の言葉を思い出した。
「この人と一緒にいてもいいのかな、上手くやれるかな、って心配してもいいのよ。誰で
も不安なの。でもね、あなたが本当に好きだな、大事だなって思う人なら、そうやって不

安になりながらでも、そばで過ごしていくうちに、お互いにとって一番いいかたちに落ち着くはずだからね」

だから無理はしなくていいけど、相手が自分にとってどんな存在なのかはちゃんと知っておかないとだめよ、と彼女は言った。

彼は静にとってはもう、ただの不審な、頭のおかしい外国人ではない。

いつのまにか、そばにいて欲しいと思うようになっていた。彼が笑ってくれると、嬉しい。金の混じった薄茶の目がこちらを見るたびに心臓がどきどきと高鳴って、いままで感じたこともないような気持ちになる。

──たぶん最初から、本当は、いやじゃなかった。なにも覚えていなくて、そのせいで、気づかなかっただけで。

彼が好きだ。それは間違いない。

「……好き……」

呟いてみると、その言葉はじわりと胸に浸透して、また少し苦しくなる。

もうじっとしていることができずに立ち上がり、狭い部屋をうろうろと歩き回ったあとで階段を降りた。

階下でも落ち着かず、とりあえず茶の間へ入る。開いたままの襖から、ヨアヒムが寝起きしている仏間と、見慣れた仏壇が見えた。

「あれ……？」

仏壇の脇に置いてあった額縁に目を止め、静は首を傾げた。例の、ヨアヒムが閉じ込められていた絵が入っているものだ。人物と白馬が消え、ただ深い緑の森だけの絵となってしまっていたキャンバスに、変化が現れているように見えた。

薄暗い仏間の照明をつけ、額縁に近づいて、絵の中を覗き込む。

「……？」

やはり、なにかが違う。

こんなにくすんだ色をしていただろうか。くすんだ、というより使われていた絵の具の質が劣化して、色が褪せてしまっているようにも見えた。

静はそっと仏壇の前に膝をつき、腕を伸ばして額縁を取り上げ、膝の上に乗せる。そして、展覧会の会場でしたように、その絵の表面を指でそっと撫でてみた。ざらりとした感触があり、そのあと、頭の中に声が響いた。

——どうしよう。

——どうしよう……間に合わなくなる。急がなければ。

「……！」

ヨアヒムの名前を呼び、目を開けてくださいと言って泣いていた自分——つまり、イリヤの声だ。早くしないと間に合わなくなる、と焦り、どこかへ急いでいたときの、切迫した気持ちが胸にこみ上げた。

「これ……は、」

これは、ヨアヒムが自分のついた嘘のせいで殺される、と知ったときの、彼の感情ではないだろうか。どきどきっ、と心臓がいやな感じに脈打つ。まるで静を、内側から突き動かそうとしているようだった。早く、早く、早くしないと。

耳の奥へ蘇り続ける声を聞きながら、立ち上がる。急ぐってなにを、どこへ？　と迷う暇もなく、静は自室へ取って返してコートを掴み、もう一度階段を駆け下りて玄関へと向かった。

イリヤの声が、単なるフラッシュバックではないような気がしたのだ。

過去に起きた事件についてではなく、いま、あのときと同じように、ヨアヒムを探さなくてはならないのかもしれない、と思った。その結論に、明確な理由はない。だが、もしこのタイミングでのフラッシュバックに、意味があるのだとしたら。

――いや、そうだ。きっと、意味はある。……あるんだ。

これまで、夜は繋がれずとも静かに休んでいた白雪が、外でいななく声が聞こえる。彼女も、なにかを察知しているようだ。

「白雪！　……白雪、どうしよう、ヨアヒムが……俺、どこへ行ったらいい？」

尋ねながら、込み上げる焦りと不安で彼女の首に触れる。

——どうしよう。いまこうしているあいだにも、ヨアヒムに、なにかあったら。

やはり毎晩、どこへ出かけてなにをしているのかきちんと訊いておくべきだった、と後悔に襲われる静を、白雪は鼻先でつついた。ぶるる、ぶるる、と短く息を吐きだし、なにか言いたげだ。

「え、の、乗れってこと？」

それは無理だ、と静は首を振る。

以前はヨアヒムが手綱を取り、後ろから支えていてくれたから、静でも乗ることができたのだ。たった一人では、そんなことは不可能だし、第一、彼女の背へ上がることさえ難しそうだった。

しかし、白雪は四肢を折り曲げ、静が跨りやすいように身体を低くした。

「う……っ、うう、わ、判った」

ごくりと喉を鳴らし、おそるおそる彼女の背に座る。考えてみれば鞍もあぶみもなく、裸の動物の背に跨るのはこれが初めてだ。どの程度の力でしがみつけばいいのかも判らず、しかし振り落とされそうになってあわあわとしている静に構わず白雪は立ち上がり、ゆっくりと歩き出した。

「……っ、……！」

生きた心地のしないまま運ばれていく静は、何度も彼女の背からずり落ちそうになり、そのたびに必死で体勢を立て直す。

並足で町内を抜け、だんだんとスピードを速めていく彼女が向かったのは、以前ヨアヒムと訪れた川沿いの道だった。

――こんな場所に、本当にヨアヒムが？

後ろへと飛び去っていくのは、昼間とはまったく違う景色だ。どうにか視線を上げて見渡しても川面は暗く、いったいどこが水際なのかも判らない。

やがて、静は川にかかる大きな橋の下へ到着した。

街灯の光が届き、薄ぼんやりと明るい。橋げたの向こう、川下に見える密集した工場の光も、きらきらと美しかった。

そんな中、夜露《よつゆ》に濡れた枯草の芝生《しばふ》の上、ぽつんと立っている人影がある。

長身のシルエットに見覚えがあり、静は思わず「ヨアヒム！」とその名前を叫んだ。そうしなければ、すうっと消えてしまいそうに頼りない影に見えたのだ。ひたひたとした冷たい不安が胸に広がっていく。

「ヨアヒム!!　……なにをしてるんです、そんなところで」

白雪が屈んでくれる前に飛び降りようとして、転びかけたがどうにか着地する。人影は振り向き、静と白雪の姿を認めたようだった。

来るな、と小さな声が届く。

「……頼む、静」

「頼むって、なにをです」

なにがあったんですか、と一歩踏み出した静の視線の先で、彼はがくりと膝をついた。

「…………!!」

駆け寄り、いまにも倒れそうな肩に腕を回す。そうして、人間の身体とは思えない軽さに目を見張った。どれほどここへ佇んでいたのか体温は異常に低く、こうして支えていても、彼が現実に生きている人間とは思えない。頬は白く、ぼんやりと透き通ってしまっているようにも見え、静の不安を煽った。

――やっぱり、なにかあったのだ。あの声はこれを警告していた。自分は、間に合わなかったのだろうか。

「ヨアヒム？　ヨアヒム……」

「……秘密だと言ったのに、白雪。悪い子だ」

静と共にやってきた傍らの愛馬を見上げ、ヨアヒムが苦笑する。

秘密とはなんのことなのか、ああそれよりも救急車を呼ばなくては、と思うのに、急に静も身体が震えてきて、まとまったことが考えられない。

「……ヨアヒム？」

名前を呼ぶことしかできない静の頬に、冷たい指先が触れた。

「こんなところを見せてしまって、すまない」

「どうして謝るんですか？　どうしてこんな状態に……病気だったなら、もっと早く」

「これは、病気ではない。……静、ああ、そうだな。わたしは、おまえに謝らなくてはならないことがあるのだ」

白雪はそれを知っていたのだろう、と言うヨアヒムは、どうか聞いて欲しい、と口角をぎこちなく持ち上げて笑った。

「おまえは……わたしの父のせいで、おまえの母上が心の病にかかり、日に日に追い詰められていくのをたった一人で目の当たりにしていた。一人で苦しんで……最後まで、双方の板挟みになって、苦しんでいた。わたしは……おまえを手に入れることができたのだと、思い込んで、浮かれていて」

手遅れになるまでそのことに気づけなかった、と言うヨアヒムの声に後悔が滲む。

「おまえが一人で抱え込んだ事情や悩みを、少しでも請け負いたかったのだが、わたしは結局、どうしても、上手く……察しても、解決してもやれずに」

それだけが心残りだ、と呟くヨアヒムの唇に、静はたまらず、顔をくしゃりと歪めた。

「そんな……っ、」

解決なんてそんなことは頼んでいません、と喉から絞り出すように言うと、こらえ続けていた涙がついにほろりと零れて、頬を伝い落ちる。熱いそれはすぐに冷えてしまい、静はぐす、と音を立てて洟をすすった。

「そんなのは……いいんです、俺は、俺の方こそ、前世であなたを」

騙していたこと、あなたは知っていたのに、どうしてまだそんな風にしていられるんですか、と静はついに、胸の奥にしまい込んでいた秘密を口にした。

「前世の、ことを……思い出したのか？」

「いいえ。でも、俺があなたを陥れて、死なせたって……歴史の本に、書いて、あって」

「ああ……それは違う。……わたし自身が、命を狙われているかもしれないと気づくのが遅すぎたのだ。おまえは母上にそうするように言われて仕方なく従っていたのだから、自分を責める必要はない」

と、ヨアヒムは言う。「もっと早く気づいていればよかったのだが」と後悔の滲む声に、静はさらに涙を流した。

「……で、でも、」

「現におまえは、わたしを殺す計画の詳細を知って、わたしにそれを知らせようとしてくれた。おまえの母上が、おまえの名前を使ってわたしを呼び出してしまったあとだったのだ。国を捨て、二人で自由に生きよう、と」

それを最初に提案したのはわたしだった、とヨアヒムは続ける。

「二人で、自由に……」

「数日後、城の外へ呼び出されたとき、ようやく判ってくれたのだ、と嬉しかった」

「あなたは、そこで……？」

ああ、とため息のような声が応えて、静はたまらずに目を伏せた。

おそらくイリヤは、自分の報せが間に合わず、ヨアヒムが城を出たことを知ってあとを追ったに違いない。そうして、彼の遺体を発見した。目を開けてください、お願いだからと泣いていた声は、そのときのものだろう。

思わず顔を覆った静の肩に腕を回し、隣に座ったヨアヒムが宥めるように撫でる。

「森の中でわたしの亡骸を発見したおまえは、死の匂いを嗅ぎつけてきた魔女の力を借りて、自分の命と引き換えにわたしを蘇らせた」

わたしが目を覚ましたときにはすでにおまえは息絶えていて、そのそばには魔女が佇んでいたとヨアヒムは言った。

「…………！」

その言葉を聞いた途端、閃くように、本当に唐突に蘇った記憶がある。間に合わず、倒れ伏したヨアヒムの亡骸にすがり、泣いていた自分の記憶だ。

——ヨアヒム、ああ、どうして。

——ヨアヒム、目を開けてください、お願い、お願いだから。

「あ……」

そして、彼女が現れた。

ぼろぼろのローブを纏い、足音も立てず、気づいたときにはそばにいて、「願いを叶えてやろう、ただし、おまえの命と引き換えに」と言ったのだ。

「わたしは、同じことをもう一度してくれと迫った。……だが、それはできないと魔女は答えた。王子よ、その者を生き返らせることはできない。だが、代わりにおまえをいまの姿のまま、絵画の中へ閉じ込めてやろう、と……」

そこまで言って、ヨアヒムは苦しげに咳き込んだ。

彼の喉からは、ぜえぜえといやな音がする。

その音にさえ彼の命が削られていくような気がして、静は必死で首を振り、彼の言葉を止めようとした。

「ヨアヒム。……ヨアヒム、無理に喋らないでください」

「いいのだ。聞いてくれ。……生まれ変わったおまえと邂逅《かいこう》できれば、わたしは解き放たれる。しかしふたたび愛されなければ、魂《たましい》は乗り越えただけの時間に飲まれ、押しつぶされて消滅するだろう、と。わたしはもちろん、それでいいと答えた。もとよりおまえに愛されなければ、生きている意味はないからな」

だがおまえは五百年のときを超えて、わたしを見つけてくれた。

彼はその言葉を、苦しげな息と共に吐き出した。ようやく知ることのできた「最後」はあまりに壮絶で、どう答えていいのかも判らない。静はどうにか、「声が」と頭に浮かんだ言葉を口にした。

「声が……聞こえたんです。間に合わなくなる。急がなければって。あなたが、目の前に現れたときも。それに、さっき、やっと思い出しました。あなたの亡骸を、見つけたときのこと……俺は、間に合わなくて、だけど、あのとき」

いまなら、判る。

イリヤは、ようやく理解したばかりだったのだ。ヨアヒムを愛している、と。

愛しているという彼の言葉を疑ってみせるばかりで素直になれず、そうしてきっと、罰《ばち》が当たってしまった。彼を失うかもしれないと知って、初めてそのことに気づいた。

身代わりになって命を投げ出したのは、ヨアヒムが言ったように、彼のいない世界で生きるなんて、意味がないと思ったからだ。

それに、なんのとりえもない自分が、彼のためにできることをようやく見つけたと思った。自分の命と彼の命を引き換えにできるなら、こんなに幸せなことはない、と。

――……気づくのが、遅かったんだ。ほんの少しだけ。

ああ、と感極まったように、ヨアヒムはため息を吐く。

「悲しい思いをさせた。どうか、許してくれ」

「……ヨアヒム」

許しを乞《こ》うべきなのは自分の方だ。

「誰か他に、おまえを楽にしてやれる者が、現れるといいのだが。それを、祈るのはやめておこう。……嫉妬してしまいそうだ」

最後に顔を見ることができてよかったが、できればわたしのことは忘れて欲しい。わたしが消えてしまっても白雪の世話は頼む、他の物は捨てても売ってしまっても構わないよと言い切ったヨアヒムは、苦しげに長い息を吐いた。

「…………っ、」

冬の夜だ。自分の吐き出す息は真っ白なのに、彼の吐く息は白く濁らないということに気づき、静は胸が潰れそうになる。

「最後に……もう、ひとつだけ」

いいか、という声はもうか細く、静は自分の耳を彼の口元に近づけようとして上手くできず、唇を噛む。

子供のように首を振る静を、ヨアヒムの腕がそっと抱き寄せる。手加減しているのではなく、もうそれしか力が入らないのだ。顔が彼の胸元に埋まり、温かな体温とその匂いに包まれ、きつく目を閉じた。

「ヨアヒム」

うん、とか細い声が応える。

「おまえが好きだった。いや、好きだ。イリヤ、わたしの小鳥、そして、静……おまえが忘れてしまっても、永遠に愛しているよ」

好きだ、という言葉はまるでそれそのものが魔法のように、静の心臓を締めつける。

——ああどうしよう。俺……俺も、伝えなければ。

方法などなにも判らず、静は必死で言葉を紡いだ。

「ヨアヒム。……いやだ、いやです」

「泣かないでくれ」

やはりわたしではだめだと悲しくなる、という彼の額に、静は自分の額を押しつけた。

「違うんです。違うんです。……ヨアヒム、俺は、そんなことをしてくれなくてもいいから、なにもいらないから」

あなたにそばにいて欲しい、と静はようやく、心の中に芽生えていた気持ちを言葉にすることができた。

「……そばに……?」

「好きだと言われるのは、困ると言ったのは、あれは……」

本当のことを伝えなくては、と思った。

「心臓が……胸が、痛くて、切なくて、泣きたくなるからで、それで、それは、あなたが好きだからです。……だから、だから、こんな風に消えてしまわないでください」

懇願する静を見上げるヨアヒムの目は、もうあまりよく見えていないようだった。冷え切った唇が、なにか言いたげに動く。

「なに？　なんですか」

「……を……」

「え？」

「……キスを」

してくれ、という彼に、もう一度唇を重ねた静は、閉じた目蓋の向こうに眩しいほどの光が溢れるのを感じた。

光の向こうには、深い緑がどこまでも続く豊かな森が見える。

天窓以外には光の入る隙間もない薄暗い書庫、灰色の石の城、母の婚礼衣装。傲岸《ごうがん》な王に、軽薄な王子。誰にも心を許さないつもりでいたのに、その王子はいつのまにか誰よりもそばにいて、愛を囁き、自分を笑わせ、外へと連れ出した。

「愛しているよ、わたしの小鳥」

「……それは、もう聞きました」

「つれないな。愛の言葉は何度囁いてもいいものだろう？」

「…………」

そう言って微笑むヨアヒムを――いつの間にか自分も愛していたのに、意地を張っていたせいで、伝えることができなかった。

だから、許して貰えなくてもいい。

もう一度、会いたい。彼にふさわしい人間になって、そして、あなたが好きだと、今度こそ伝えたかった。

閉じた脱衣所のドアの外で、静はさっきからうろうろと歩き回っている。

「…………」

キスのあと、どうにか身体を起こせるようになったヨアヒムと共に白雪に乗って戻ってきたが、彼の身体があまりにも冷え切っていたので、色々と話をするよりも、と風呂へ追いやってしまったのだ。

おまえが先、いや一緒に入ろう、と言い出した彼に慌てて首を振り、うちの浴槽はそんなに広くありませんよと答えたが、あれではまるで広ければ一緒でもよかったかのようだ、といまさら後悔する。

ようやく思いが通じ合ったのだから一緒に入浴でも問題はないのかもしれないが、心の準備がまったくできていない。

あのキスの瞬間、イリヤとしての記憶が頭へ流れ込んできて、静はかつてのことをすべて思い出していた。

母が後妻として嫁《とつ》いだ国のこと、ヨアヒムとの出会い、どんなに冷たくあしらってもめげず「好きだ」と言ってくる彼に、次第に惹かれていったこと。母親からは「あの王子をコントロールできれば、国はいずれ、わたしとおまえのものになる」と言われ、自分の気持ちとその言葉との板挟みになっていたこと。

そうしてあの暗い夜の森で、ヨアヒムの亡骸を見つけたときのこと。

イリヤだった自分もやはりヨアヒムが好きで、彼のために命を投げ出したが、それは彼の望む方法ではなかった。だからこそ彼は魔女の提案を受け入れ、自ら絵の中へ閉じ込められることを選んだ。

過去の自分の気持ちが判り、ようやく安心した部分もある。けれどそれを打ち明ける間もなく帰ってきてしまい、この状態だ。

——いまさら全部思い出しましたなんて話、しなくてもいいかな。いやでも、隠しごとをするのは……。

悩んでいると、百数えるまで湯船から出ちゃダメですよ、と昔の佐英のように言い聞かせたのを守ったのかどうか、十分ほどで浴室のドアの開く音がして、ごそごそと服を着替える気配のあと、ヨアヒムが顔を出した。

「静、いいことを思いついたぞ」

「な……っ、なんですか」

ドアを開けるやいなやそう言った彼に、どうして俺がここにいるって判ったんだろう、と思いつつ問い返すと、彼は「まだ寒いか?」と訊いてきた。

「まあ……多少は」

家の中は暖かく、震えるほどの寒さはない。

彼の顔色がすっかりよくなっているのを見て、内心でホッとしていた静は油断した隙に、ひょい、とヨアヒムに抱え上げられた。

「…………っ⁉」

両腕の中にすっぽりと納まってしまい、なにが起きたのか判らず混乱している静の顔を覗き込み、彼は「わたしが温めてやろう！」と嬉しげに言う。

「え……っ、いや、えっ？」

「心配するな、わたしはいまとても温かいから、大丈夫だ。それにおまえを風呂にやるより、その方がじっくりと話もできる」

「あの、で、でも」

そんな、話ならお風呂のあとでもできますから、という声を無視して器用に階段を上ったヨアヒムは、行儀悪く部屋の襖を足で開け、「入るぞ」とそこだけ妙に几帳面《きちょうめん》に断って、静の身体をベッドへと下ろした。

「脱がしてもいいか？」

「……っ、あっ、えっ」

どうしよう、でも拒否したらまた傷つけることにならないだろうか、と軽いパニック状態の静のセーターを脱がしたヨアヒムは、下に着ていたシャツには手をつけず、そのままジーンズに手をかけた。

「ま、ま、待ってください」

「なんだ？」

涙目でストップをかけ、彼の手を掴む。

「お、俺……い、いやなわけじゃないんですけど、ほ、本当に、経験がなくて、だってその、イリヤのときにも」

「経験？　嘘だろう？」

「本当なんです」

「でも佐英が」

「佐英さんが……!?」

彼女が静のそういった経験値に対していったいどんな認識とコメントを提供したのか、想像もつかず目を見開いていると、ヨアヒムは「子供の頃は寒いとよく布団にもぐりこんできていたと言っていたが」と言った。

――布団？

頭の中が真っ白になり、ぱちりと瞬きをする静に、ヨアヒムは微笑みながら続ける。

「大丈夫だ、わたしは寝相はいい方だからな」

「……あ……あ……？」

そういうことか、とようやく彼のしようとしていることを理解した静は、そのあと急激に恥ずかしくなり、壁際に身体を寄せて小さく丸まった。

「…………！」

「どうした？」

子供の頃の話はしない方がよかったか、と尋ねてくるヨアヒムの手が、宥めるように背中を撫でる。

「な、なんでもありません、訊かないでください」

「これを脱がせたいのだが」

「……自分でできます」

ごそごそと脱いだジーンズを足元の方へ蹴りやって、ふたたび丸くなった静に「いい子だ」と言い、横たわったヨアヒムが背後から腕を回してきた。「これはいわゆるそういうことではない」と判っていてもびっくりするほど恥ずかしく、静はぎゅっと目を閉じたまま、じわじわと彼の体温に包まれる。

「静、手を」

伸びてきたヨアヒムの手が、静の手を握る。冷えた指先を温めるように優しくさすられて、思わず小さくため息をついた。

「温かいか？」

「……はい」

「よかった」

迎えに来てくれたことを感謝している、と、彼は静の後頭部に口元を押し当てて囁く。

「好きだ、静。……返事をさせてくれ。そばにいるし、わたしもおまえが好きだ。もう聞き飽きたかもしれないけれど」

「……そんなことありません」

「そうか？」

「そうです」

「ひとつ訊いてもいいか？」

「なにを、ですか」

ぽつぽつと会話を交わしながら、次第に身体の力が抜けていく。ヨアヒムの体温はとても心地よく、このまま眠ってしまえそうだ。

「わたしのことを、白雪が、なにか知らせたのか」

「ああ……いえ、最初は、その、声が」

「声？」

「前世の……自分の」

間に合わなくなる。急がなければという あの切迫した思いが蘇らなければ、自分はきっと部屋から出なかっただろう。白雪が騒いでくれたとしても、ヨアヒムの消滅に間に合わなかったかもしれない。

「声というのは……イリヤの、記憶だな」

「……はい」

もののついでだ、と覚悟を決めて「そのイリヤの記憶なんですけど、俺も思い出したんです」と言うと、ヨアヒムは驚いたようで、数秒のあいだ沈黙し、「……どのくらいだ」と尋ねてきた。

「あの……たぶん全部、です。子供の頃の記憶はかなり曖昧ですけど、あなたに会ってからのことはほとんど、全部」

「…………」

「つ……冷たいことばかり言って、すみませんでした」

謝罪すると、彼はまた絶句したあとで、静の身体に回した腕に力を篭めた。

「謝る必要など、これっぽっちもない。ああ、だけど、とても嬉しい。おまえとまた、あの頃の話ができる」

ありがとう、という言葉の語尾が震えているのに気づき、あれこれと言葉を考えたが結局なにも言わず、その代わりに絡めた指にきゅっと力を篭めた。冷え切っていたそこはもう随分と温まり、スムーズに動く。

「……俺も、訊いてもいいですか」

「なんだ？」

「いつも、夜出かけて、なにをしていたんですか？」

「ああ、あれはな、アルバイトというやつだ。以前おまえがパソコンで、様々な求人情報というのを見せてくれただろう？」

「ア……ルバイト？　あなたが？　ほんとに？」

意外な情報に驚いた静に、ヨアヒムは「そうだ」と答えた。

「まあ、実際にあれで応募したわけではなく、坂口に紹介して貰ったのだが。ガテン系というのが稼げると言って、建設現場を紹介された。自分で言うのもなんだが、なかなかの働きぶりだったのだぞ」

体調が思わしくなくなったのでしばらく休むと連絡したらたいそう惜しまれた、と彼は少し自慢げに言う。

「どうしてそんなこと、しようと思ったんですか」

「自分の力で金を稼ぐというのがどういうことか、と思ってな。あとは少しでも店の足しになればと」

「…………」

――物を売るのはだめだ、って俺が言ったからか。

自分自身の発言を思い出し、静は「ああ……」と思わずため息をつく。あんな、ほとんど八つ当たりのような言動を真に受けて、働こうとするなんて。労働階級がどうの、と口にしていたヨアヒムが、まさかそこまで自分や店のためを思っていてくれたとは知らず、じわりと胸が温かくなった。

「ヨアヒム、あの、気持ちはとても嬉しいんですけど……そこまでして貰うほど、うちの店の経営状態、傾いてるわけじゃなくて」

「ん？　そうなのか？」

「はい。あなたのおかげで盛り返したところも、あるし……とにかく、そんなに無理をする必要はありません。……ごめんなさい、俺がちゃんと、言わなかったから」

だけど彼が店のことを真剣に考えてくれたことは本当に嬉しい、と静はぎこちなく言葉を選んで伝える。ヨアヒムは怒りもせず、「そうか、よかった」と穏やかな声で答えた。

「……ところで」

それはなにをしてるんですか、と言う静の胸元を、さっき離れていったヨアヒムの手が撫で下ろす。

「ん？　ああこれか、なんとなく、触りたかった」

「なんとなく……」

そうか、それならまあ、と一度は納得しかけた静だったが、その手が胸から鳩尾《みぞおち》、下腹部、腰骨、とだんだん怪しい動きを始めたので、頭の中にふたたびクエスチョンマークが浮かんだ。

これはなんだろう。温めるという感じではないような気がするし、かといって絶対にやめて欲しいほどの大胆なものでもない。けれど、なんとなく、無視してはいけないような気がする。

「あの……よ、ヨアヒム……？」

「どうした？」

答える彼の声に、笑いの色が含まれているように聞こえるのは、錯覚だろうか。

「あ、あれ……？」

これが普通、友人同士でも気軽に行われるスキンシップなのか、それとも自分が意識しすぎているだけなのか、という判断も、静にはできない。

しかし、彼の手がシャツの裾から中へと入りこんできたとき、さすがに「これはおかしい」と思った。

「ヨアヒム、あの、違いますよね？」

「……なにが？」

「な、なにかその」

性的なことをしようとしているわけではありませんよね、と尋ねる自分の声があからさまに慌てている。「性的とは？」と惚《とぼ》けた声で訊き返しながらも手を止めようとないヨアヒムに、焦りはさらに募った。

「触られていやな場所があるならそう言ってくれ、すぐにやめる」

「でも、あっ、なにも……なにも、しないって」

「なにもしない、とは言っていないが？」

「え……っ」

嘘だ、と記憶を遡《さかのぼ》ってみたが、たしかになにもしない、とは一言も言っていない。あれあれ、ほんとだ、どうしようとまた軽いパニックに陥っているうちに、止められないのをいいことに動き続けるヨアヒムの手が、今度は下着の上から股間を触った。

「ひゃ……!?」

思わずみじろぎをした途端に肘が背後の彼に当たってしまい、小さく呻かれる。

「あ、す、すみません」

「いや」

大丈夫だ、と囁くヨアヒムの唇がうなじへ押しつけられて、静は「うう」と言葉に詰まる。俺は大丈夫じゃないです、と訴えたいが、どうしてもいやなのかというと、そういうわけでもないのが問題だ。

ただただ、慣れない。そして恥ずかしい。いったいどんな顔をしていればいいのかまるで判らないのだった。

「あ……あっ、」

自分でしか触れたことのない場所を大きな手が包み、指が蠢《うごめ》く。

そこから生じる感覚はおよそ自慰では味わったことがないほど鮮烈なもので、静は無意識に喘ぐような声を上げていた。

「や……あっ、だ、だめ」

「だめ？」

「です……」

どうしたらいいか判らなくなるから、と訴えれば、ヨアヒムは低く「そうか」と笑う。

「…………っ？」

――なにが、「そうか」なんだ？　どういうことだ？

とりあえず、だからといってやめてくれるわけではないらしい。その手から逃れようと腰をよじっても、うしろからすっぽりと抱きこまれている状態では成果は得られず、ついに彼の手は下着の中へもぐり込んできた。

「わ……あっ、あっ？」

「……反応しているが」

これでもだめか？　と尋ねる声には、やはりこちらの様子を面白がっているような気配があり、静は涙目で首をひねり、彼の目を見ようとした。

「よ、ヨアヒム、からかってるんですか」

「まさか」

顔を見ることは叶わなかったものの、そんなわけはないだろう、と今度は少し真剣な声がする。

「……好きな相手が半裸で同じベッドにいて、なにもせずにいられるほど、老成してはいなかったようだ。すまない」

五百年のあいだ眠っていても関係はなかったな、と尻のあたりに押しつけられたものがなんなのか、薄々判っていたが、静はなにも返さなかった。言葉が見つからなかったという問題以前に、妙な声が出てしまいそうで、唇を噛んでいたからだ。

ヨアヒムの指はさらりと毛を梳《す》くようにしたあと、少しずつふくらみ始めている性器の根元に触れる。指の輪でそこをくるまれ、手のひらの上を滑らせるようにして動かされると、震えるような息が漏れた。

「……っふ、ぁ……」

——どうしよう、気持ちいい。

もともとさほど性欲は強くなく、自慰にも没頭《ぼっとう》したことがない静にとって、その快楽は未知のものだった。誰か自分以外の、それも好きな相手にされるというのがどういうことなのか、ようやくその違いが判ったような気がする。

「あっ、あ……！」

「……静、」

ヨアヒムが手を動かすたびにひくひくと腰が悶《もだ》え、軽く曲げた膝が震える。その上耳の後ろや首筋に何度もキスをされ、彼の吐息がそこにかかるのを感じているうちに、静はいま自分がどこでなにをされているのかよく判らなくなった。

温かくて、ほのかに甘い匂いがする。出会ってからずっとすぐそばにいた、ヨアヒム自身の匂いだ。

「あ……っ」

絶頂は、あっけないほどすぐに訪れた。

全身を硬直させて射精した静は、くたりと脱力し、乱れてしまった息を整えながら目を閉じる。

「う……はぁっ、は……」

自分ばかりがよがってしまったが、ヨアヒムはどうするのだろう。

もし自分が同じことをしろと言われても上手くできないかもしれない、と途端にまた混乱してきた静の首筋に鼻先を突っ込んだまま、彼は「わたしを褒めてくれ」と言った。

「え……」

「五百年以上、今日までよく耐えた、と」

「な……？　んっ、んん」

なんの話ですか、という質問に構わずころりと体勢を変えられ、向き合ったヨアヒムにキスをされる。ああまずい、と思いながらそれに応える静は、結局また、彼の舌に翻弄されているうちにわけが判らなくなり、気がつけば組み敷かれていた。

「はぁっ……あっ、」

濡れた下着に続いてシャツを脱がされると、冷えた空気に肌が触れて、思わずぶるりと震える。自分も服を脱いだヨアヒムが覆いかぶさってきて、「寒いか」と尋ねるので、「だ、大丈夫です」と首を横に振った。

「す……する、んですか」

「いやか？」

「い、いや……では、」

そうしてまじまじと見てしまった相手の身体から、静は目が離せなくなった。特に毎日一生懸命にトレーニングをしている風でもないのだが、ヨアヒムの肩や胸、もちろん二の腕の筋肉は、静には及びもつかないほどがっしりと隆起し、美しい身体の線を描いている。

――うわ、なんか、すごい。体格の差が。ていうか、いまから、本当に……？

「あ……」

「そんな風に見られると、少し恥ずかしいな。だが、せっかくだから触れてくれ」

わたしがおまえに触れるときのように、と促されてその胸元にてのひらを当てる。温かな皮膚《ひふ》の下にたしかな鼓動が感じられ、静は思わずため息をつく。

「……ヨアヒム」

――でも……俺、この人と、ちゃんと繋がってみたい。

そう思った途端、ほんの少しだが、心の準備ができたような気がした。

それは、かつて自分がイリヤだったときからの願いだ。彼の大きな手のひらがそこへ重なって、静が視線を上げると、瞳孔が大きくなっているせいで普段よりも濃い色をしたヨアヒムの目とぶつかる。

「……静、」

もう一度キスが降りてきて、それが二人の、最後の一線を越える合図となった。

震える息を吐きだしながら、静はさっきから体内で蠢く指の感触を、どう処理すればいいいのか判らずにいる。

「あっ、あ……はぁっ、」

痛くないか、苦しくはないかと尋ねられながら受け入れた一本目は中指だったが、いまはそれを増やされ、どうにか三本目まで受け入れたところだ。

「う、う」

ヨアヒムの手で育てられた性器はいまは彼の咥内《こうない》で愛撫《あいぶ》されており、最初は恥ずかしさで死んでしまいそうだったが、もうここまでくると、なにが恥ずかしくてなにがそうでないのかの区別もよく判らない。

ただひたすら気持ちのいい波と、後孔を探られる違和感が交互にやってきて、そのたびに静はシーツから背中を浮かせた。

「はぁっ……」

その拍子にぐちゅ、とあらぬところから濡れた音が聞こえ、静はその卑猥《ひわい》さに唇を噛む。

「……そんなに噛み締めたら、血が出てしまう」

「ん、う」

気づいたらしいヨアヒムが性器から口を離し、空いている方の手で唇をなぞった。歯列を割り、口の中まで入ってきたその指に舌先が触れ、かすかに塩気を感じる。なにをしているかの自覚もなくそれをちゅっと吸い上げると、彼の喉からは動物が呻くような音が漏れた。

「……っ、しずか」

あまり煽らないでくれ、と囁かれて意味が判らず、涙目で見上げると、彼はこれまでに見たこともないほど余裕のない表情を浮かべていた。

——だって、どうしたらいいのか、判らないんです。

訴えたくても、舌が回りそうにない。どう表現したらいいか判らない心もとなさに、思わず目を細めた。

「痛くはないか？」

もう何度も同じことを訊かれ、首を振っている。

それだけ彼が静の身体を気遣ってくれているというのは理解できたが、さっきから静を苛んでいるのは痛みではなく、どうしようもない身の置き場のなさで、それはつまり、自分だけがあれこれと愛撫を施され、一方的に喘がされていることへの不満か、もしくは申し訳なさのようなものだった。

「ちが……うんです、ヨアヒム、俺は、その……お、女の子じゃ、ないから」

たぶんそこまで丁寧にして貰わなくても大丈夫、壊れたりしません、と、途切れ途切れに言葉を繋ぐ。

「おまえが女だろうと男だろうと、痛がる顔を、わたしが見たいと思うか？　静、お願いだから優しくさせてくれ」

「う……そ、それは、そうです、けど」

優しくとか丁寧にとか、そういうのはもう大丈夫ですからと必死で言いながら、ああもしかして、と静は気づいた。

――もしかして、ヨアヒムも、怖いのかな。

「こ……怖い、ん、ですか」

「…………！」

口に出していい言葉かどうか吟味《ぎんみ》する前に滑り出てしまった声に、彼は軽く目を見開き、そのあとで「ああ」とため息をついた。

「……とても、怖いな」

「どうして……？」

「おまえに」

嫌われたくない、とヨアヒムは普段の彼らしからぬ弱気な台詞を口にした。

「……こちらに来てから、少し、臆病《おくびょう》になったようだ。知らない男と思われるのも、おまえに嫌われるのも、わたしはとても怖いよ、静」

「嫌いに、なったり、しません」

絶対に、と答えるしか、静にできることはなかった。なれるはずもない、こんなに美しく誠実で、優しい男を。

「だから、あ……あの、あなたのものに、してください」

どうすれば彼を興奮させられるのかが判らなかったので、せめて入れやすいようにと片膝を抱え、足を開く。冷静になって考えてみればとんでもない格好だと判ったはずだが、そのときの静はとにかく、ヨアヒムと一つになりたい一心だった。

やや険しい顔で「そ、そうか」と言うヨアヒムの指がずるりと抜かれ、押し広げられていたそこがひくひくと物欲しげに収縮するのが自分でも判る。

「あ……っ、」

代わりにあてがわれた彼の先端がもう一度そこを広げながら入ってきたとき、もちろん痛みはあったものの、静はその痛みさえ嬉しかった。彼のためにできることが一つでもあるのだ、と実感したかったのかもしれない。

「……ああ、静……」

「はっ……あっ、あう」

ずぶずぶと、なんとか半ばまで受け入れたところで、ヨアヒムの腰がぶるりと震える。

「す、まない」

なにを謝られたのか理解しないうちにぐい、と突き上げられて、さっきよりも格段に深い場所まで彼が入ってきた。

「あ……あっ？」

鈍い痛みは粘膜《ねんまく》が麻痺したのか、徐々に薄らいできた。それよりもすさまじい圧迫感と、熱さがそこにあって、静は自分では身じろぎひとつできず、ただ、必死にヨアヒムを受け入れようとしていた。

「……っ、あ、あ、ヨアヒム」

一度根元まで埋められた性器が少しだけ引き出され、ふたたび奥まで戻ってくる。

ゆっくりとした動きを何度も繰り返されているうちに、緊張がほぐれ、静は粘膜を擦り上げられる感覚に腰をよじることができるようになってきた。

「あ……あっ、ん、ん」

息苦しいほどの質量にずるりと擦られると、じん、と腰から下が重いような、甘ったるい電流の流れる場所がある。無意識のままそこへ当たるよう動いているのに、ヨアヒムはすぐに気づいたようだ。

「教えてくれ、静……」

「あ、あっ、」

いい場所があるのだな、と訊かれてこくこくと頷き、そこを狙って突き上げる動きに声を上げる。

「ヨア……あっ、ヨアヒム、ヨアヒム……っ！」

「…………っ、」

さっきよりもずっと強い電流は、明らかに快楽と呼べるものだ。突き上げるリズムがだんだんと早くなっていく。静はヨアヒムの腰へ自分の足を巻きつけて、ぎゅう、とそこを締めつけた。

「あっ、あっあっ、あぁっ……」

ベッドがぎしぎしと派手に音を立て、今日、この家にいるのが自分たちだけでよかった、と思う。

しがみついているヨアヒムの肩も背中も首元も汗に濡れ、ともすれば手を滑らせてしまいそうで、いつのまにか静はそこへ爪を立ててしまっていた。彼は痛いとも言わず、腰を動かしながらキスをくれる。

「んんっ、ん、んう」

目を閉じれば、その舌と唇と汗の味と、そして一つに繋がった場所から与えられる快感をすべて受け止めることになる。お互いの下腹部のあいだで擦られている性器からは、だらだらとカウパー液が零れ落ちて、まるで達し続けているかのようだ。

「ん、んー……っ！」

ひときわ強く突き上げられ、ぐずぐずになった粘膜の奥へ挿入されたまま、腰を揺すられて、こらえきれずに声が漏れる。頭の中が真っ白になるような気持ちよさが襲ってきて、

気がつくと静は射精していた。

身体の奥になにか熱いものが注がれるような感覚があり、すぐに繋がった場所からそれが溢れ出すのが判った。

「はっ……あっ？　はぁっ、は、あ……」

身震いしたヨアヒムが静の唇を解放し、そのまま肩口へ顔を伏せてきた。彼の重みをそこへ受けて、ようやく、彼が静と同じタイミングで達したのだ、と知った。

「……ヨアヒム」

どうしてこんなに嬉しいのか、うまく言葉では説明できない。胸にこみ上げるものを噛み締めていると、首筋にぽたぽたと熱いものがかかるのを感じた。最初は汗かと思ったそれが涙だと、彼の声を聞いて初めて気づく。

「……しずか……」

押し殺すような低い声は震えていた。

「もう……もう二度と、わたしを置いていったりしないでくれ。そばにいて、一緒に、生きて欲しい。愛している。愛しているよ、静……」

どうか約束してくれ、という彼の言葉に、引きずられて涙が滲む。とうに成人を越えた男が泣いていると知っても、それを情けないとは思わなかった。ただひたすら、自分よりもはるかに大きく、広い背中を抱き締める。

「……はい」

約束します、もう二度と離れたりしません、あなたとずっと一緒にいます。ヨアヒムと同じく涙声でそう告げると、彼もまだ震える声で「ありがとう」と囁いた。

――イリヤは俺で、俺は……イリヤだ。いま、この人に許されて、そして愛されている。

そう思うと、また眼の奥が熱くなった。どうしても離れがたく、汗と涙で濡れた顔を触れ合わせ、何度もキスをする。

「ヨアヒム」

「ん……？」

「俺も……その、俺のことを、諦めないで、いてくれて、ありがとうございます」

「……静……」

顔を上げたヨアヒムの目はまだ涙で潤み、その周りや鼻の頭は赤くなっていた。その状態でも美しいのだから、美形とは本当に恐ろしい。

――だけどちょっと、子供みたいにも見えるな。

どうしても触れたくなり、その背中を抱き締めていた腕を解いて、高い頬骨の上を指でなぞる。精悍なラインを辿って濡れた目元を拭い、そっと長い睫毛《まつげ》に触れる。

途中までは黙って静の好きにさせていたヨアヒムがその指に噛みつくようなふりをし始め、じゃれ合っているうちに、お互いのものがまた兆《きざ》してくるのが判った。

「あ……よ、ヨアヒム、」

「すまない」

「……いえ」

いいんです、俺もしたい、と小さな声で訴える。

驚かれてしまうかと思ったがそんなことはなく、静を見つめていたヨアヒムの瞳が暗くなったのを合図に、部屋はまた濃密な空気で満たされていった。


翌日、佐英の退院許可が下りたという連絡で二人が病院へ駆けつけると、佐英はすでに着替えを済ませ、待合室の長椅子に座っていた。傍らにはまとめられた荷物と共に、静が家から持ち込んだ杖もある。

「佐英さん、これ自分で？　俺たちが来るまで待っててくれてよかったのに」

「ううん、これ全部、看護師さんがやってくれたのよ。わたしは着替えて、見てただけ。ずいぶん親切にして貰ったわ」

静とは違って人見知りせず、誰とでも仲良くなる彼女は、ここでもよい人間関係を築いていたようだ。

　タクシーで家へ帰り、退院祝いの寿司を取って、久しぶりに三人で過ごす。

　特に普段と違う行動を取っているつもりはなかったのだが、ヨアヒムが席を立った瞬間、佐英がにこにことした顔で「仲直りできたのね」と言ってきて、静は思わず箸先で掴んでいたかっぱ巻きを取り落としてしまった。

「えっ、え……なんで？」

「いやだ、照れなくてもいいわよ」

　なんかこう、二人で話してるときの雰囲気がやわらかくなったからそうかなって思って、という彼女には、どんな隠し事もできそうにない。

「佐英さん、あのさ、その、これはずっと前から聞こうと思ってたんだけど……ヨアヒムは男の人で、つまり、俺もあの、男、なんだけど、そういうのは……佐英さんとしては」

「ああ、いいのよ。性別なんて、なんだって」

　そりゃまだ日本じゃ珍しいのかもしれないけど、と彼女は予想以上にあっさりとそれを肯定してみせた。

「及川くんだってね、ファンのあいだでは男の恋人がいるって有名だもの」

「お……及川ひろしも？」

　それは俺も知らなかった、と静が芸能界の裏情報に驚いていると、ヨアヒムがビールを手に戻ってきて、佐英の小さなグラスについだ。

「ありがとう！」

「さあ飲め、祝い酒だ」

あんまり飲みすぎちゃだめだよ、と言おうとしたが、「普段通りの生活をしていい」と許可されていることもあり、余計なことを口にするのはやめた。

酔っ払った佐英は久しぶりの自室を喜んで早々に床へつき、同じく酔っ払ったヨアヒムも、ご機嫌で静の部屋までついてきて、当然のように同じベッドへ潜り込んできて、二人で眠った。シングルベッドでは寝返りを打つのにも苦労するほどの狭さだが、静はその狭さがとても嬉しい。

仏間にあった例の絵はすっかりぼろぼろになり、額縁から外された。

五百年間その中にいたせいか、少しの愛着と親しみを感じているらしかったヨアヒムは名残惜しそうにしていたが、静がビニール袋を差し出すと、思い切ったようにそのキャンバスをびりびりに裂いて、中へと放り込む。

「なにも、破かなくても」

「……いや、いまは朽ち果てたように見えても、かつては魔力を帯びたものだったわけだからな。わたしの代わりに誰かを引っ張り込んだりしないように、と」

「魔力……！」

たしかにそうだ。そんなものをゴミに出して呪われたりしないだろうかと気になったが、静はその袋をゴミステーションに放り込んだあと、一応「ヨアヒムがお世話になりました」と手を合わせておいた。

店も通常営業に戻り、静とヨアヒムは変わらず朝から夕方まで、一緒に働いている。

最近になって熟女グループだけでなく近隣の女子学生にも人気の出始めた彼は「よっくん」に加えて「よんさま」という呼び名が定着しつつあり、静が観察する限り、彼より年上の女性は前者を、年下の女性は後者を選択する確率が高いようだ。

なぜよんさまなのかと尋ねてみたところ、「王子っぽいから」「高貴な感じがするから」という返答があり、女性の観察眼の鋭さには舌を巻く。

「超カッコいいよね」

「エプロンも似合ってるし、それに笑顔がヤバい！」

「言葉遣い変だけど、それもなんか合ってる」

しかし、贔屓目ということを除いてもこの頃、ヨアヒムは以前にも増して美丈夫ぶりに磨きがかかっており、静は彼に見惚《みと》れてしまいそうになって慌てて目を逸らす、ということがよくあった。

これは果たして彼と恋人同士になったからなのか、本当に彼が生き生きとしているせいなのかは判らないが、ひょっとしたら両方かもしれないなどと考えてしまうあたり、相当のぼせているな、とも思う。

三人は店を終えたあと、新メニューの相談や常連客へのフォローなど、あれこれと相談しつつ食事をするのが日課となった。

放火事件と笹神の逮捕からしばらくして、彼の両親からは詫び状と、これまで息子が迷惑をかけた分、という名目での見舞金が届いた。佐英はしきりに恐縮していたが、静とヨアヒムは「お金は返した方が」という彼女の意見に首を振り、「向こうの気持ちもあるだろうし、貰えるものは貰っておこう」という結論を出した。

何日か店を休まなくてはならなかったのも事実だし、笹神が放火した他の家にもきちんと弁償がされる、という話を聞いたからだ。美智の家はこれを機に、二世帯住宅へ建て直すそうだ。

火事は大変だったけど、一度家を出た娘夫婦が戻ってくるのは嬉しいわ、と笑う彼女を見て、笹神のせいとはいえ自分たちの問題で迷惑をかけてしまったかたちの静や佐英も、少なからず安心することができた。

放火に殺人未遂、薬物使用などの罪はさすがに軽くはなく、笹神はしばらくきっちりと罪を償わなくてはならないだろうが、「必ず更生させる」という彼の両親の手紙を、とりあえずは信じることにする。

騒動が過ぎ去り、「みその」や静の周囲はようやく静かになり、これまで通りの日常を取り戻した。

色々と不思議で確認してみたのだが、ヨアヒムは日本語を話すことも読むこともある程度は問題なくでき、よほど難しい漢字や言い回しでなければ理解できる。五百年分を飛び越えてしまった科学や文化の発展に関しても、あまりにもかけ離れすぎていて、逆にそこまで驚くこともないらしい。

テレビやインターネット、飛行機などの存在についても「なるほど、魔法のような技術が発見されたのだな」と、さほど抵抗なく受け入れているようだった。

そして、彼がいまもっとも興味を示しているのは温泉だ。以前、佐英が集めた箱根のパンフレットやテレビの旅番組などを眺め、あそこへ行きたい、大きな風呂に浸かってみたい、としきりに言い合っていた。

「あのくらい大きな湯船なら、二人でなんの問題もなく入れる。それにこの露天というのも、とてもいいな」

たしかにこの寒い時期、温泉旅行は魅力的だ。きっと佐英も喜んでくれるだろう。

けれど静は正直なところ、浴衣を着たヨアヒムが旅館中の女性にモテモテになり、また親切にその相手をするせいで二人きりの時間はほとんど取れずじまい、という想像をしてしまっていた。それならこうしてどこにも出かけずこたつで温まっていた方がいい、という非常に若者らしからぬ結論に至り、やはり少々、嫉妬深いのかもしれない、と自分のことながら思う。

「まあ……そのうち、行けるといいですね」

「静、いまのはさほど乗り気でもない返答だったぞ」

「……別に、そんなことは」

「そうか？」

最近、ヨアヒムはこちらの声のトーンで色々と見抜いてくるようになり、ときにはなかなか鋭い指摘が飛ぶ。内心どきりとした静に、彼は「もしや人前で肌を見せるのがいやなのか」と訊いてきた。

「特に見せたくもないですけど、かといっていやというわけでもないです。ただ、どうせあなたはすぐに女性方の人気を集めてしまうし……そしたら、店にいるときとほとんど変わらないなと思って」

「ああ……なるほど」

ヨアヒムは否定もせず、少し意味深な微笑みを浮かべた。

「……なんですか」

「それは嫉妬だな」

「…………！」

わたしもできればおまえの裸を衆目《しゅうもく》には晒したくない、と言うヨアヒムに引き寄せられて、キスをする。

忍び込んでくる舌先や後頭部からうなじに触れる手のひらの温度が心地いい。

けれどうっとりとしているうちにいつも、静は自分がどんな風に反応しているのかほとんど認識できなくなり、気がつくと、笑みを含んだヨアヒムの目に至近距離から見られている、というのが少し恥ずかしかった。

「……ヨアヒム」

「んん？」

「あの、俺……変じゃないですか」

そう尋ねると、彼は片眉をひそめて「変とは？」と首を傾げた。

「いつも途中で、よく判らなくなるんです。自分がどんな顔してるのかなとか、呼吸の仕方とか……それに、もしかしたら、変なんじゃないかな、って」

「待て、わたしはおまえとするキスを変などと思ったことは一度もないぞ」

「き……キス、のこと、だけじゃなくて……」

他のときも、と静は言いながら、早くも後悔し始めていた。いきなり、なにを言い出してしまったんだ、自分は。

しかし初めての経験からこちら、何度もヨアヒムとそういったことをしているが、そのたびに「大丈夫なのだろうか」「自分の反応はおかしくないだろうか」と、気になってしまっていたのも事実だ。

なにせ、なにもかもが初めてなせいで、比較対象も、予備知識もほとんどないまま、ここまで来てしまっている。

「ああ、なるほど」

「…………っ、」

静の言っていることをようやく理解したらしいヨアヒムは、「なにを心配しているのかと思えば」と苦笑した。

「あまり可愛らしいことを言うな。そもそもおまえは可愛いものだと判っていても、なかなかに衝撃が大きい」

「か、かわ……」

俺はこれでもわりと真剣に悩んでいたんですよと肩を震わせる静の手を引き、ヨアヒムはこたつから足を抜いて立ち上がる。

「では、いますぐ試してみよう」

「えっ、い……いまから!?」

「そうだ」

いやいやいや、俺は別にそういうつもりで言ったわけじゃなくて、あれ、でもそうなのかな、そういうことになるのかな、ええでも、と混乱している静を連れて、ヨアヒムはすたすたと歩いて階段を上り、部屋まで辿りついてしまった。

「ま、待ってください」

「いやなのか？　それならやめる」

「えっ、いや、あっ、いや、ではない、んですけど」

「それならいいな」

「あれっ？　えっ」

あれよあれよという間に服を脱がされ、ベッドの上に押し倒される。

いやではないのは本当で、実際にこうして触れられたりキスをされたりすると、まだなにも知らなかったときと同じく、接触した場所から溶けてしまいそうになる。

「あ、あ……っ」

ほとんど抵抗らしい抵抗もできず、結局静はまた泣かされる羽目になった。

「なにもおかしなところはなかったぞ」

事後にこやかにそう言われ、静はどんな顔をすればいいのか判らず枕に顔を埋める。

「おかしいどころか、いつもとても魅力的だ。無理に声を押えようとして失敗するところや、羞恥に頬を染めているところや、掠れた声も、戸惑って浮かぶ涙も、わたしの肩に立てる爪も」

「…………!!」

嘘だ、と上げた視線の先に赤いミミズ腫れのような傷を見せられ、静はふたたび顔を隠す。どうやら、無意識にやってしまっていたらしい。

「……ご、ごめんなさい」

「謝らないでくれ。勲章《くんしょう》のようなものだ。できればずっと消えて欲しくない」

どう答えていいか判らず黙っていると、彼はさらに続けた。

「静、ありがとう」

「……な、なんで、ですか」

「こういうものが、一番嬉しい。おまえだけが、わたしに与えられるものだ。わたしは世界一幸せな男だと思う。ありがとう」

「そんなの……お礼なんて」

「言わせてくれ。それに、前世でも、この世界でも……わたしのせいで大変な思いをさせて、すまなかった」

「やめてください。突然、こんな世界に来てしまって……大変のは、あなたの方だ」

「わたしには国も王位も必要ない。ならば生きる場所も、どこだろうと構わないさ」

おまえが隣にいてくれさえすればそれでいい、とヨアヒムは言う。

「ずっと、おまえだけが欲しかった」

「う、あ……俺も」

俺もそうです、と小さな声で呟く。聞こえたかどうか不安なほどの音量だったが、ヨアヒムの手が優しく髪を撫でた。

――もっと、この人に好きだって言おう。いつか、愛してる、っていう言葉も。イリヤだったときには、言えなかった言葉だ。複雑な立場や自身の性格ゆえ、伝えたくとも伝えられなかった気持ちがたくさんある。

静は顔を上げて体勢を変え、ヨアヒムと抱き合う。その背中に腕を回し、肩口へ彼の重みを受け止めたまま目を閉じた。

目蓋の裏にはいまもアンドリアの森が見える。

そして目を開ければ、そこには静に倣うようにして目を閉じたヨアヒムがいる。

胸の中でそっと名前を呼ぶと、彼が目を開けてくれる気配があった。どうしてか、それが判った。

気持ちが繋がっている。

息をひそめる視線の先で、ヨアヒムの睫毛が揺れる。

もう大丈夫、と思った。魔法などなくても、大丈夫だ。そんな力が存在しないこの世界でも生きていける。

「……静、もっと笑ってくれ」

生まれて初めて、どこまでも満ち足りた気持ちでいた。

■あとがき■

はじめましてこんにちは、さとむら緑と申します。

本編、楽しんでいただけましたでしょうか……！　お話を書いているあいだ中、受けの子が幸せになれるのか（攻めも、というかいつもなのですが、今回はとくに受けの静が）そしてそれをみなさんに受け入れていただけるのか……みたいなのが心配で仕方がなかったので、いまもちょっと心配です。

ところでわたしの住んでいる地域には新しめの喫茶店、というかカフェが多いのですが、少しだけ離れてお隣の駅へ近づくと、老舗で、近所の人が入れ替わり立ち代わりやってくるみたいな、ザ・喫茶店！　というお店が多くなります。

今回、作中に登場した佐英さんみたいなおばあちゃんや、はたまた無口なおじいちゃんがカウンターを取り仕切っているお店がたくさんあり、それぞれモーニングのお粥（朝粥ですね）が美味しかったり、おじいちゃんがホットケーキ職人だったり、昔ながらのナポリタンが美味しかったりします。

実はおしゃれなカフェのコンセントつきの席で原稿をするというのに何年も憧れていて、でも現実には「中身を見られているのでは」「濡れ場は書けない」「仕事もせずに遊んでいると思われたらどうしよう」という自意識過剰が邪魔をし、無理であることがようやく判りました。いや、普通にご飯を食べたりコーヒーを飲んだりしにいくだけなら、大好きなんですが。

最近は作業をするのではなく、単純に味を楽しんだりぼーっとしたり本を読んだり、という喫茶本来の目的にシフトして、おしゃれカフェ（コンセントつき）である必要がなくなったので、ちょくちょく家を出てプチ散歩がてら、古い喫茶店の、どこか昭和の香り漂う雰囲気の中でまったりと落ち着いています。

そんな憩いの場所に、今回円陣先生が描いてくださったようなギャルソンエプロン姿の男子二人とかいたら、もうきっと一日中居座ってしまう。エプロン姿のみならず、カラーからモノクロから、滲み出るような色気の二人をありがとうございました。特にヨアヒムの眼差しが美麗、わたしはなんだか気が遠くなるようでした……。

色々と助けてくださった担当さまにも、相変わらず頭が上がりません。どうぞこれからも、よろしくお願いいたします。

そしてやはり、今回の二人を物語の最後まで見届けてくださったみなさまに、最大級の感謝を捧げます。本当にありがとうございました。

それでは、また！

さとむら緑

初出
「魔法のない国の王子」書き下ろし

CHOCOLAT
BUNKO

この本を読んでのご意見、ご感想をお寄せ下さい。
作者への手紙もお待ちしております。

あて先
〒171-0021東京都豊島区西池袋3-25-11
CIC IKEBUKURO BUIL 5階
(株)心交社　ショコラ編集部

魔法のない国の王子

2015年4月20日　第1刷

著　者:さとむら緑
発行者:林 高弘
発行所:株式会社　心交社
〒171-0021　東京都豊島区西池袋3-25-11
CIC IKEBUKURO BUIL 5階
(編集)03-3980-6337 (営業)03-3959-6169
http://www.chocolat_novels.com/
印刷所:図書印刷 株式会社

CHOCOLAT BUNKO

好評発売中！

持たざる者、その名は童貞

さとむら緑

イラスト・桜井りょう

「してみたいでしょう？　セックス」

28歳にして童貞だということをひた隠して生きる高階一深の下に、眩いほどのモテ男・瀬尾正親が配属された。気さくに女の子を紹介してくれようとする瀬尾を、童貞バレを恐れて躱す一深。だがある日ついに知られ、完全に面白がっている瀬尾に「卒業」を支援されることになってしまう。しかし実は一深が今まで恋心らしきものを抱いた相手は高校時代の親友（男）だけで、女性には興味が薄い。しかも親友（男）は瀬尾にどこか似ていて……。

僕の、なれない君

手嶋サカリ
イラスト・御景椿

小説ショコラ新人賞受賞作!!

両親の離婚により、崎谷直の転校した高校にはスターがいた。サッカーの才能に恵まれた笹田優希の活躍は、東京の進学校で望む成績を残せなかった直のコンプレックスを刺激した。直は笹田と関わりを避けて過ごしていたが、ある日、担任に彼の勉強を見て欲しいと強引に頼まれてしまう。自身とは真逆の笹田に最初こそ苦手意識を感じていた直だったが、素直で裏表のない彼と過ごすうちに、なぜか胸が騒ぐようになり――。

小説ショコラ新人賞 原稿募集

賞金
大賞…30万
佳作…10万
奨励賞…3万
期待賞…1万
キラリ賞…5千円分図書カード

大賞受賞者は即文庫デビュー！
佳作入賞者にも即デビューのチャンスあり☆
奨励賞以上の入賞者には、担当編集がつき個別指導!!

第十回〆切
2015年10月9日(金) 消印有効
※締切を過ぎた作品は、次回に繰り越しいたします。

発表
2016年1月下旬 ショコラHP上にて

【募集作品】
オリジナルボーイズラブ作品。
同人誌掲載作品・HP発表作品でも可（規定の原稿形態にしてご送付ください）。

【応募資格】
商業誌デビューされていない方（年齢・性別は問いません）。

【応募規定】
・400字詰め原稿用紙100枚～150枚以内（手書き原稿不可）。
・書式は20字×20行のタテ書き（2～3段組みも可）にし、用紙は片面印刷でA4またはB5をご使用ください。
・原稿用紙は左肩をWクリップなどで綴じ、必ずノンブル（通し番号）をふってください。
・作品の内容が最後までわかるあらすじを800字以内で書き、本文の前で綴じてください。
・応募用紙は作品の最終ページの裏に貼付し（コピー可）、項目は必ず全て記入してください。
・1回の募集につき、1人2作品までとさせていただきます。
・希望者には簡単なコメントをお返しいたします。自分の住所・氏名を明記した封筒（長4～長3サイズ）に、82円切手を貼ったものを同封してください。
・郵送か宅配便にてご送付ください。原稿は原則として返却いたしません。
・二重投稿（他誌に投稿し結果の出ていない作品）は固くお断りさせていただきます。結果の出ている作品につきましてはご応募可能です。
・条件を満たしていない応募原稿は選考対象外となりますのでご注意ください。
・個人情報は本人の許可なく、第三者に譲渡・提供はいたしません。
※その他、詳しい応募方法、応募用紙に関しましては弊社HPをご確認ください。

【宛先】 〒171-0021
東京都豊島区西池袋3-25-11
CIC IKEBUKURO BUIL 5F
（株）心交社 「小説ショコラ新人賞」係

CHOCOLAT BUNKO